La memoria

1298

Chiara Valerio

Chi dice e chi tace

Sellerio editore
Palermo

2024 giugno sesta edizione

Pubblicato in accordo con Grandi & Associati, Milano

Questo volume è stato stampato su carta Arena Ivory Smooth prodotta dalle Cartiere Fedrigoni con materie prime provenienti da gestione forestale sostenibile.

Valerio, Chiara <1978>

Chi dice e chi tace / Chiara Valerio. – Palermo : Sellerio, 2024.
(La memoria ; 1298)
EAN 978-88-389-4625-7
853.92 CDD-23

CIP – *Biblioteca centrale della Regione siciliana «Alberto Bombace»*

Chi dice e chi tace

La verità è che a furia di far collezioni, di cose, di piante, di tutto, si finisce a poco a poco col voler farle anche con le persone.

MICOL FINZI-CONTINI

Nessuno riesce a controllarsi alla perfezione.

TERESA CREMISI, *La Triomphante*

Le bambine, scese dalla macchina, si erano messe a correre e non ci avevano salutato.

Ferma sulla porta, mia madre le aveva abbracciate e mi aveva sorriso sollevando il mento come a dire Non ti preoccupare.

Luigi aveva messo in moto prima che potessi dispiacermi o pentirmi di aver accettato l'invito per un fine settimana a Ponza, in una casa dalla quale si vedeva il porto.

La traversata in traghetto da Formia era stata piacevole e il venerdì pomeriggio caldo. Caldo umido. E infatti, sabato e domenica mattina, prima della partenza, l'aria era spessa e pareva dovesse piovere, ma non aveva piovuto. Avevamo passeggiato, mangiato, e c'eravamo fatti il bagno. Luigi no, diceva che l'acqua era fredda. Anche se non era vero. Semplicemente, preferiva ascoltare le chiacchiere seduto ai tavoli del bar del porto.

La domenica sera, rientrati a casa, avevo messo a letto le bambine, sfogliato l'edizione pomeridiana del *Golfo*, il foglio ciclostilato delle due parrocchie, e avevo fumato una sigaretta.

Se non ho letto della morte di Vittoria è perché prima di andare a dormire non leggo i necrologi e gli annunci immobiliari.

Il lunedì mattina, in studio, mentre cercavo di convincere il ferramenta e sua moglie a non sporgere denuncia dopo che il figlio minorenne aveva avuto la peggio in una rissa, Cristina, la mia segretaria, era entrata nella stanza per avvertirmi che una donna insisteva per parlarmi al telefono. Avevo chiesto permesso e mi ero alzata per discrezione. Era Mara.

Vittoria è morta ieri mattina, mi ha detto con tono piano, calmo, una telefonata di cortesia. So che le piacevi, e che lei piaceva a te.

Aveva chiamato anche altri amici.

Non ero stata in grado di chiedere niente. Pensavo a me, viva, a Ponza, mentre Vittoria moriva a Scauri.

Un incidente, aveva chiarito Mara. Un incidente nella vasca da bagno, aveva ripetuto con la voce che si affievoliva sillaba dopo sillaba. Le avevo assicurato che sarei passata a trovarla e lei, senza ringraziare, prima di chiudere il telefono, aveva detto Sta qui, in casa, il funerale è dopodomani.

Rientrata in stanza, avevo ripreso a parlare col ferramenta e la moglie tenendo gli occhi fissi sulla serratura della porta che spuntava di tanto in tanto oltre le loro teste ondeggianti nella foga del racconto. Lui quasi urlava, sembrava ci fosse rimasto male perché il figlio le aveva prese.

Lea, quello gli ha lanciato una bottiglia di birra e grazie al cielo non l'ha preso in testa, lo avrebbe ammazzato, l'ha sfiorato, capisci? Riccardo non è vigliacco, perciò si è avvicinato e gli ha tirato un pugno e quello s'è spostato e gli ha spaccato il naso con una testata. Non è stato un incidente.

Non è stato un incidente, aveva ripetuto Anna, la madre. Bisogna correggere questi comportamenti quando si può, aveva aggiunto voltandosi improvvisamente, e infastidita, forse per capire cosa cercavo di mettere a fuoco oltre la sua testa.

Un incidente nella vasca, pensavo, e rivedevo Vittoria con il suo andamento scampanellante, gli occhi né scuri né chiari, un colore denso, vestita di un abito di lino azzurro, smanicato. La vedevo camminare sul marciapiede, fermarsi davanti alle vetrine dei negozi e scuotere la testa. Quali fossero i suoi sentimenti riguardo quegli oggetti, non l'ho mai saputo. Parlava, divertendosi, di cose delle quali non si sarebbe potuto o dovuto ridere. Le persone che si mettevano le corna. Che si facevano le cappelle mortuarie bifamiliari sopra al cimitero. Quelli che inciampavano. Quelli in sedia a rotelle bloccati dalle barriere architettoniche. Ma ci pensi?, barriere e basta, altroché.

Conoscevo la vasca da bagno in cui era morta, ero stata in casa di Vittoria molte volte, era impossibile non notarla perché la porta di ingresso, dopo la fuga di un lungo corridoio, si apriva proprio sul bagno, in fondo al quale, sotto una finestra di vetri gialli e verdi, stava la vasca. I vetri della finestra erano a scacchi irregolari, quadrati e rettangoli, il pavimento e il rivestimento di piastrelle nere lucide.

La casa era stata rimessa a posto nei primi anni Settanta, quando Vittoria si era trasferita a vivere a Scauri con Mara. Tutti conoscevamo la vasca, e certo l'avevamo notata per quelle piastrelle nere. Così almeno mi aveva assicurato Enrico, glielo avevo domandato, chissà perché, forse quando avevamo fatto i lavori a casa. Enrico forniva sanitari e maioliche a tutto il Sud pontino fin oltre Fondi ed era lo zio di mio marito. Ero certa che in quella casa, per quanto potessi ricordare, non aveva mai vissuto nessuno.

Da quando ci stava Vittoria, era sempre aperta, si entrava dal giardino e già nel patio si respirava un'aria allegra, persone che chiacchieravano, cani che si rincorrevano, gatti che saltavano sui tavoli e si facevano le unghie sugli alberi. C'era anche un pavone, Patrick.

Così era stato ogni volta che ci ero andata, sin dal primo giorno. Per me e per tutti perché, quando ancora non avevano finito di mettere a posto la casa, avevano dato una festa, il compleanno di Mara. Io non c'ero, me lo avevano raccontato. Tutti ne avevano parlato.

Un palazzotto con qualche pretesa ma decaduto, un piano terra e un primo piano, con un bell'ingresso, in via Romanelli, e un piccolo giardino che in vent'anni era diventato rigoglioso. Vittoria conosceva bene le erbe, leggeva di giardini e camminava molto, poteva arrivare a piedi fino al Redentore, dove stava la statua del Cristo. Anche leggere di giardini, a sentire la cartolibreria dove Vittoria ordinava i manuali, era una cosa molto particolare. Particolare come a dire strana. D'altronde noi avevamo gli orti e le aiuole, i giardini stavano nelle case dei signori. O appartenevano al Comune. Quello della villa del generale Nobile era un giardino, e la villa comunale con le giostrine dietro al chiosco della gelateria Sayonara pure, pubblico.

Quando erano arrivate nessuno aveva fatto troppe domande, forse perché nessuno aveva capito che sarebbero rimaste. Vittoria aveva cominciato a lavorare in farmacia, Mara aveva aperto una pensione e una toletta per cani e gatti quando a queste cose non ci pensava nessuno. Non so neanche se l'attività fosse lecita o quale fosse il regime fiscale, ma molti ci andavano, per curiosare e perché a tutti, prima o poi, serve qualcuno che tenga per qualche giorno un cane o un gatto.

Così ci ero capitata anche io, nel dicembre del 1974.

Avevo discusso con mia madre e non volevo chiederle di tenere Madama, il mio cane. Mamma non accettava fosse finita l'epoca in cui i cani e i gatti o erano randagi ai quali, di tanto in tanto, veniva allungato un po' di cibo – ma poco, bisognava evitare si affezionassero – e che rischiavano di finire sotto una macchina un giorno sì e l'altro pure, oppure erano scope o zappe animate, strumenti di lavoro. I cani facevano la guardia, i gatti prendevano i topi, le galline davano uova, le mucche latte e carne, il maiale si ammazzava una volta all'anno e a me toccava lavare le budella per insaccarci salsicce e salami. L'idea dell'animale da compagnia non la sfiorava. Se non parla, che compagnia è?, obiettava mamma a brutto muso mentre ramazzava il pavimento della cucina. Io stessa, per lei, ero uno strumento di lavoro, e in quanto femmina, il bastone della vecchiaia. Un bastone animato. Non voleva nemmeno accettassi la borsa di studio dopo l'università. Le', mettiti a lavorare che t'hai 'a spusa'.

Mamma avrebbe lasciato Madama tre giorni fuori casa. Non volevo sposarmi, volevo continuare a studiare e scappare due giorni a trovare Luigi che era partito militare, ma non sapevo dove lasciare il cane, così Alba, la mia migliore amica, mi aveva suggerito la pensione di Mara. Non c'era mai andata, ma gliene avevano parlato sul treno per Roma. Così stai più tranquilla, altrimenti mentre stai con Luigi pensi a Madama. Alba è sempre stata una donna pratica.

Luigi mi piaceva, chiamava Madama lupo finto, era ufficiale di complemento dell'esercito in un posto sperduto della provincia di Salerno, La fossa dei serpenti.

Il giardino della casa dove Mara e Vittoria vivevano non era bello come adesso, il lastrico solare non era ancora un terrazzo, non c'erano ringhiere, ma si era capito che qualcuno ci pensava e aveva cominciato a prendersene cura giorno per giorno. In pochi mesi tutto si era già avviato a diventare rigoglioso. La pensione e la toletta non erano cose di moda, i veterinari si occupavano principalmente di polli e pecore, mucche e maiali, conigli se capitava. I conigli, specialmente, sono delicati.

Il Redentore, dove Vittoria aveva raccolto piante e fiori che aveva trapiantato poi a livello del mare, era una cima degli Aurunci, il monte Altino, che veniva chiamato così per la statua del Cristo.

Che fossero venute per restare si era capito perché la proprietaria della farmacia, una signora livornese molto distinta, aveva saputo da una amica che la casa di via Romanelli non era stata affittata, ma acquistata da Vittoria, e che Mara non era la figlia, nonostante le avesse intestato l'immobile. L'aveva detto il notaio una mattina al bar Italia, mentre commentava un'altra successione, spassosa secondo lui, di una casa in zona Vindicio della quale era stato complicato trovare almeno un erede, una bella casa e, alla fine, l'erede aveva rinunciato a favore di un amico dello zio proprietario. Ma amico come, nessuno sapeva dirlo. Forse per la parola Vindicio che subito riportava alla parola Formia, che immediatamente accendeva nel petto degli scauresi il campanilismo contro il paese a meno di dieci chilometri a nord, quella informazione, in sé succosa, di Mara che non era la figlia, non aveva generato pettegolezzi. Era rimasta carsica. Acqua che scorre sotto i piedi degli scauresi come il rio Capo d'Acqua che era stato interrato e dal Parco delle Trote fino al mare era visibile solo per brevi tratti. E in quei brevi tratti i bambini raccoglievano girini, chiudendoli nei barattoli delle conserve. I girini qualche volta venivano liberati nel fiumiciattolo e diventavano rane, più spesso morivano.

Quel giorno di Madama, vedendomi fuori dal cancello con un cane anziano, una donna dai capelli scuri appena sopra le spalle mi era venuta incontro sorridendo. Con un gesto deciso della testa, rapido, aveva liberato l'occhio destro da una banda di capelli. Occhi non chiari ma pieni di luce, portava un cappello di paglia che aveva visto giorni migliori, pantaloni morbidi, un maglione bianco a trecce, stringeva un paio di cesoie. Anche mia madre lavorava la terra e aveva una sua eleganza, ma Vittoria sembrava uscita dalle pagine di *Oggi* dove di tanto in tanto leggevo i servizi sui reali in esilio. Sembrava una principessa araba in una tenuta di campagna toscana. Invece dietro di lei c'era solo il palazzotto malmesso. Un giardino in disordine e l'intonaco crepato. Era appartenuto ai Nocella, che prima del fatto del cavallo possedevano tutta la terra dall'Appia alla ferrovia.

Mi chiedevo se fosse possibile lasciarle il cane per un paio di giorni, e quanto costa. Così le avevo detto, senza nemmeno un buongiorno di circostanza.

Vittoria, continuando a sorridere, mi aveva risposto Intanto entri e si accomodi, vuole un bicchiere d'acqua, un caffè? Sciroppo di tamarindo?

Senza aspettare la risposta mi aveva appoggiato una mano sul braccio, poi si era avviata verso l'ingresso, aveva abbandonato le cesoie su un tavolino di ferro e togliendosi il cappello era entrata in casa. Aveva un taglio di capelli educato ma ventoso. Nel patio, un tavolino con due sedie. Sull'uscio si era voltata, come per mettermi a fuoco, aveva inclinato la testa, io avevo distolto lo sguardo, arrossendo, mi ero guardata il maglione in cerca di una macchia.

Dopo qualche minuto, era uscita accompagnata da due ragazze, si era rimessa il cappello e mi aveva fatto un cenno di cortesia, sfiorandosi la tesa, cesoie in mano, ed era tornata là dove l'avevo trovata. Aveva qualcosa di marziale. Una cortesia marziale, e qualcosa di ondoso, mosso, un capitano di vascello.

Mio nonno si toccava la balza del cappello in segno di rispetto o congedo. Luigi, dopo il giuramento, mi aveva mandato una foto in divisa da ufficiale, cappello con la visiera, si capiva che aveva gli occhi chiari nonostante il bianco e nero. Gli occhi chiari mi sono sempre piaciuti. Credo che la prima cosa che ho amato di Luigi sia stato l'azzurro verde dei suoi occhi. Il cappello se lo tolgono gli uomini.

Conoscevo una delle due, Filomena era stata mia compagna alle elementari, era la figlia del becchino. Vedendomi, non aveva fatto alcun cenno di cortesia, d'altronde non c'eravamo più frequentate. L'altra non l'avevo mai vista, sembrava una bambola. Capelli biondi raccolti in trecce tanto lunghe da girarle due volte intorno alla testa. Indossava un paio di jeans a zampa di elefante, stinto, e una camicia molto colorata, portava occhiali d'osso, rettangolari. Era bella. Aveva avvicinato le mani al muso di Madama.

Ciao, sono Mara, è buona questa signora?, mi aveva detto.

Sì, è buona, ma è un po' incontinente, avevo risposto frettolosa per rivolgermi a Filomena, che faceva finta di non conoscermi, o così mi pareva.

Sono Lea, ti ricordi?

Sì, sì, stavamo insieme alle elementari, ma tu eri brava, Le', non ti ho più visto giù al lido. Era scoppiata a ridere.

Mi sono spostata alla scogliera con mio fratello grande.

Ma manco in giro t'ho visto più.

Forse gli orari, ho fatto il liceo a Formia, l'università a Napoli, tra autobus, treni, studiare e aiutare mamma a casa, insomma.

Te lo avevo detto che eri brava, Le', e mo' che fai?

L'esame per avvocato.

Madonna ti sei già laureata, e non ti sposi?

Non so perché, prima di rispondere avevo guardato Vittoria che, distraendosi dalle foglie, mi aveva fissato curiosa. Teneva le mani sopra la testa, con una reggeva un ramo, con l'altra potava. Le rose rampicanti, aveva detto alzando la voce, sono resistenti, ma bisogna dar loro una direzione, altrimenti rimangono un cespuglio.

Sì, Filomena, sono fidanzata, ma c'è tempo per sposarmi, intanto faccio avanti e indietro da Roma, ho vinto una borsa di studio alla Pro Deo.

Avevo abbassato gli occhi e incontrato quelli di Madama che con la lingua penzoloni mi fissava per chiedere il permesso di allontanarsi. Guardava me e poi un cane steso sotto un albero, così per tre o quattro volte.

Sono trecento lire al giorno, aveva detto Mara, vitto, alloggio e spazzole, se vuoi puoi lasciarla anche adesso, mi sembra non voglia scappare, e aveva riso, ma non sguaiata come Filomena, cristallina. Il ruscello del Parco delle Trote sopra a Monte d'Oro quando i pesci saltavano. Un allevamento di pesci d'acqua dolce in un paese di mare. C'era anche una piscina con gli scivoli. E un bar ristorante.

Trecento lire non erano poche, ma potevo permettermelo e volevo dimostrare a mia madre di essere indipendente, almeno economicamente, farle un dispetto pure.

Anche i pesci di allevamento saltano, mi aveva detto Luigi il giorno prima di partire militare. Poi mi aveva baciata. E i suoi baffi non mi avevano dato fastidio. Nella piscina del Parco delle Trote c'era stato un incidente. Un ragazzo era rimasto paralizzato. D'inverno le piscine sono vuote. I cespugli sono brutti?

Anche quello per cui i Nocella avevano perso le terre e le case era stato un incidente. Il cavallo aveva scalciato ammazzando il patriarca, la moglie era rimasta con sette figli e aveva dovuto vendere tutto pezzo a pezzo. Meno male che c'avevano avuto da vendere, certa gente nemmeno quello, si mormorava giù alle case dei pescatori, vicino alla scogliera. Certa gente c'ha da vendere solo sé stessa e non gli basta manco per campare.

Un incidente nella vasca da bagno, continuavo a sentire, come da una radio dimenticata accesa, mentre aspettavo da Lu Rusticone che arrivasse il mio turno per la pizza. Il lunedì mangiavamo pizza per cena. Un incidente nella vasca da bagno, veniva ripetuto per la strada.

Avvocato Russo, ha sentito di Vittoria?, un incidente nella vasca da bagno.

Carmela, che lavorava da Ernesto Bruno, la merceria di fronte a Lu Rusticone, mi guardava curiosa ma io non avevo da raccontarle altro che la telefonata del mattino. Sì, un incidente nella vasca, mi ero sentita ripetere, poi avevo continuato a parlare.

Mi ha chiamato Mara stamattina per dirmelo, ieri ero fuori, il funerale è mercoledì.

Pensi, avvoca', io l'ho incontrata proprio ieri mattina, sulla scogliera, e come sempre Vittoria si è buttata e ha nuotato per una buona mezz'ora, potevano essere le sette o le sette e un quarto, pensi, avvoca', a un certo punto ho creduto che era affogata, non tornava, invece poi l'ho vista, oltre la boa, e ha alzato pure un braccio, e quando è risalita mi ha detto che si era fermata alla Madonnina per guardare Ischia.

Domenica mattina si vedeva Ischia?

Pure Mondragone e Ponza, era limpido, 'na lente di ingrandimento.

E poi?

E poi niente, avvoca', ci siamo prese un caffè allo Scoglio e abbiamo aspettato che si asciugavano un po' i capelli, era allegra, scherzosa, come sempre, mi ha detto Sai Carmela, tutte le giornate dovrebbero essere come questa, E cioè?, le ho chiesto, perché avevamo parlato solo della rissa con le bottiglie dell'altra sera, ma non mi ha risposto, si è tolta le scarpe, forse era rimasta un po' di sabbia, le ha battute sulle gambe del tavolino e ha lasciato i soldi del caffè. Invece altro che mare, avvoca', è affogata nella vasca sua. Ma invece sa niente di quelli che si sono menati?

Sì, sono venuti i genitori di Riccardo per fare la denuncia, Riccardo ha il naso rotto.

Vogliono soldi, avvoca', quello Riccardo è 'na cap' 'e nient'.

Mi scusi, Carmela, è arrivato il turno e le bambine mi aspettano.

Mi scusi lei, avvoca', buona serata, e saluti al professore. Il figlio del ferramenta è manesco, ricordati il guaio di Pasqua, avvoca'.

Tutte le giornate dovrebbero essere così, mi ripetevo, chiedendomi Così come? Che voleva dire Vittoria? Luigi, che sembrava non interessarsi alla vita del paese ma sapeva tutto, mi aveva detto che Mara non era in casa quando la domenica Vittoria era rientrata, era andata a portare a passeggio i due alani dell'assessore Comi. Mara è arrivata fino a Spigno a piedi, passando per Santa Maria e poi, stanca, ha fatto l'autostop ed è tornata con uno del negozio di bombole sopra la salita. Quando è entrata in bagno per lavarsi le mani, ha trovato Vittoria sotto la superficie dell'acqua, non si vedeva dal corridoio, hai capito?, ma non ha urlato, l'ha sollevata e l'ha baciata.

Scusa, come lo sai?

Ci eravamo voltati entrambi per sincerarci che le bambine che tutto ascoltavano e tutto ripetevano fossero davvero distratte dalla pizza.

Scusa, Luigi, come lo sai?

Da Franca, sai che passa da loro la domenica per le pulizie dopo la messa delle undici, aveva appena poggiato la borsa all'ingresso e ha visto tutto, si è avvicinata e quando ha visto che era successo si è messa a urlare. A quel punto hanno chiamato l'ambulanza, ovviamente non c'era più niente da fare.

Ma come è successo?

È affogata nella vasca.

Hanno fatto l'autopsia?

Certo, Tommaso l'ha fatta e ha trovato acqua nei polmoni.

Ma come è possibile?

Lea, non lo so, è una disgrazia. Franca ha giurato che dall'ingresso, con la porta del bagno che incorniciava la scena, sembrava il bacio di Biancaneve e del principe, sai che ha i nipoti piccoli e mo' vede solo i cartoni animati.

Le bambine avevano mangiato tutta la pizza mentre guardavano *Pomi d'ottone e manici di scopa*. Non si erano lavate le mani. Le piccole ditate unte sul divano di vilpelle sapevano della pizza che non avevo mangiato. Da quando era arrivato il videoregistratore, le richieste di giocattoli erano diventate richieste di videocassette. Luigi aveva la capacità di comprare giochi per lui che le bambine percepivano come giochi per loro. Gli scienziati fanno vita da bambini. Raccoglievamo le videocassette allegate a *l'Unità* e a *la Repubblica*. Film classici. Film western. Più tardi, chiusa in bagno a fumare, guardavo la vasca. Seduta sul bordo ne scrutavo il fondo quasi potesse rivelarmi cos'era successo a Vittoria. Come fa una nuotatrice provetta, una che si tuffa a mare d'inverno e d'estate, a morire affogata nella vasca di casa sua? Un incidente, avvocato. Una disgrazia, Lea. Le giornate dovrebbero essere tutte così.

Aprendo *Il Golfo* della sera prima, cercando ciò che avrei dovuto vedere e non avevo visto, avevo letto La nostra amica Vittoria ha avuto un incidente in casa sua. Forse una caduta, forse una disgrazia. La piangiamo insieme adesso e per sempre. La disgrazia, un'altra volta.

I pesci gialli antiscivolo avrebbero protetto le bambine?

Il giorno dopo, in ufficio, mi aspettava Angelo, il ferramenta. Mi aveva detto di essere preoccupato per Riccardo che, giù in piazza, era già stato soprannominato Ariete. D'altronde, se la testata invece di darla la ricevi, che ti aspetti. Angelo mi aveva consegnato una polaroid sfocata e mossa dove si vedeva qualcuno che lanciava qualcosa sulla spiaggia, sembrava una bottiglia in effetti. Riconoscevo gli ombrelloni blu del Lido Oriente, chiusi e riservati come boccioli, e i frangiflutti davanti alla spiaggia libera. Una persona bionda e riccia, coi capelli corti, maglietta e calzoncini, plausibilmente un ragazzo, ancor più plausibilmente Riccardo.

La foto era stata scattata da qualcuno alle sue spalle, chi lanciava la bottiglia era di fronte. Un volto irriconoscibile ma con tratti regolari, una polo chiara, un maglione blu poggiato sulle spalle, pantaloni lunghi, probabilmente mocassini, ma non si vedevano, i piedi erano tagliati.

È lui che ha cominciato, si capisce. Angelo parlava ma io non lo ascoltavo. Lontana, sulla battigia, un'ombra della sera, stava Vittoria, meno sfocata del resto, colta in un passo, il solito passo scampanellante, un vestito senza maniche, una camicia annodata alla vita, quasi una fusciacca, i capelli che da qualche anno portava bianchi e le donavano, la testa alta, qualcosa davanti al volto, probabilmente gli occhiali, li toglieva e teneva una stanghetta in bocca. Li dondolava tra i denti. Lo faceva spesso. Non si era mai tinta i capelli e io, quando la guardavo, pensavo avrei fatto lo stesso.

Che ore erano?, avevo chiesto al padre di Ariete.

Prima di cena, le otto, le otto e mezza, avvoca', le serve la foto?

Chi l'ha scattata?

Un amico di mio figlio, ha avuto la Polaroid regalata per il compleanno, ma fa le foto mosse, è 'nu sciem'.

Non credo possa servire, ma me la lasci, siete certi di procedere con la denuncia? Sono due minori.

Avvocato Russo, io sono un padre, non voglio che Riccardo cresca con l'idea che si può picchiare o essere picchiati senza conseguenze.

Angelo, voglio sia chiaro che stiamo procedendo in una direzione che macchierà la fedina penale di un minore, forse di più minori.

Lea, il ragazzo che ha lanciato la bottiglia è di Roma, questi non possono venire qua a fare i prepotenti coi mocassini, che poi ma quale maschio porta i mocassini?, e jamm', è come mangiare il fior di fragola. Questi pensano di restare impuniti anche quando poteva essere una tragedia, mica un naso rotto, comunque chiedo a mia moglie. Ma poi, avvoca', tu ci hai mai pensato a lanciare una bottiglia?

Quando Angelo se n'era andato avevo telefonato a scuola di Luigi, il martedì aveva solo due ore e poi si fermava in laboratorio, ero certa fosse al corrente del cosiddetto guaio di Pasqua cui Carmela aveva accennato la sera prima mentre stavamo in fila per la pizza. E infatti, come al solito, quella capèra di mio marito sapeva tutto.

Il guaio di Pasqua intanto erano due guai.

Riccardo, con i cuginetti Andrea, sei anni, e Alessandra, otto anni, entra in sacrestia perché padre Michele ha appena rifornito la chiesa di vino. L'intenzione era rubare qualche bottiglia per ubriacarsi con gli amici alle Sieci nell'area della ciminiera. Distratto dalla possibilità di accaparrarsi pure le ostie non consacrate e cercando a tal fine un sacco, una busta, una federa di cuscino, abbandona i cuginetti e si addentra nelle stanzucce della canonica piena di vino spillato in bottiglie di Coca-Cola. I due bambini avevano bevuto una quantità di alcol sufficiente a non allertare Riccardo ma abbastanza per essere ritrovati qualche ora dopo nella conigliera a mordere le orecchie dei conigli. I conigli si erano agitati, i cuginetti avevano cantato, Riccardo aveva dovuto restituire vino e servire messa per tutta l'estate.

Il secondo guaio era più grave perché si era capito che quello con i cuginetti non era il primo furto di vino né tantomeno di ostie. Qualcuno sosteneva che Riccardo e gli amici vendevano vino e pane presunti benedetti alle sette sataniche di oltre Garigliano. Qualcuno diceva che si riunivano pure sulle montagne di Spigno. Riccardo aveva confessato che l'idea dei furti gli era venuta dalla chiesa dell'Immacolata, perché dal campetto si accedeva direttamente in cantina.

Scauri aveva due chiese, Sant'Albina e l'Immacolata, una nella piazza in fondo alla discesa, venendo da Formia, l'altra nella piazza vera e propria, al semaforo dell'incrocio che, come tutti gli incroci di Scauri, da un lato portava al lungomare e dall'altro alla via della stazione.

Vittoria sarebbe potuta diventare una di quelle guaritrici che si trovano nei paesi e sembrano non avere arte né parte ma vivono accanto alla natura, non solo quella umana. Non aveva mai voluto, nonostante avesse grande intuito diagnostico e tutti le chiedessero qualsiasi cosa. La sua vita sembrava tranquilla, restava in farmacia le ore che doveva, e passava il resto del tempo a passeggiare, nuotare, leggere libri di botanica e coltivare il giardino. Le piaceva avere gente per casa e giocare a carte. Mi interesso di piante terrestri e piante celesti, diceva ridendo.

Mia madre aveva cercato per anni i mali del corpo, insieme a mio padre, con un pendolino, non erano imbroglioni, solo molto religiosi, e pensavano che la religiosità fosse un flusso, una specie di liquido inodore e incolore che loro erano in grado di intercettare, annodare e sciogliere.

Il pendolino era nero. Liscio. Forse bachelite. Una forma strana, tra un cuore e un cono gelato, una ghianda. Anche le mie figlie giocavano col pendolino sulla pancia del gatto e una volta lo avevano usato come strummolo, la trottola di legno che di tanto in tanto torna di moda. Mia madre aveva fatto le corna e alzato gli occhi al cielo.

Volevo andare a casa di Vittoria ma non sapevo cosa dire a Mara. Le vacanze mi facevano sentire in colpa. Se non fossi andata a Ponza, probabilmente avrei incontrato Vittoria come tutti i sabato mattina a comprare le paste da Vezza o Morelli. Ridevamo dell'abitudine di comprare le paste per il pranzo del sabato. La domenica è il giorno di riposo dello stomaco, diceva. Vittoria la domenica, tornata dal mare, a sentire Franca che andava a sistemare casa perché gli altri giorni era impegnata, se ne stava in giardino, nel patio se pioveva, sotto l'acacia se c'era il sole, a leggere, poteva restarci tutto il pomeriggio, o almeno questo è ciò che raccontavano i Nocella che le avevano venduto la casa e vivevano nell'unica altra proprietà che erano riusciti a tenersi, dall'altro lato della strada. La domenica, verso le sei del pomeriggio, Vittoria si alzava e apriva il cancelletto perché così chi doveva lasciare il cane o il gatto sapeva di poter entrare e a quel punto, di solito, si formava un piccolo gruppo di persone che bevevano un bicchiere, vino o birra. Sciroppi di menta e tamarindo non mancavano mai. A Vittoria piaceva la birra durante il giorno, la sera l'ho vista bere vino, non molto, non credo si ubriacasse. A casa loro c'era sempre da bere. Prima della pensione per cani e gatti di via Romanelli, l'alcol riguardava le donne solo quando era etilico, o puro, e serviva per pulire i vetri e disinfettare le sbucciature e le magagne sulle ginocchia dei bambini. Oppure per i liquori di limoni e noci che si tenevano in casa per le occasioni, matrimoni e funerali, e per le visite, parenti di fuori.

L'acacia di Costantinopoli era l'albero sotto il quale Madama aveva trascorso il suo primo soggiorno da Mara e Vittoria. Prima di allora non avevo mai saputo il nome dell'albero, né, una volta saputo, mi ero rassegnata al fatto che un albero portasse il nome di una città o di una madonna. Qualcuno la chiamava mimosa timida, perché se passavi le dita sui fiori rosa si chiudevano, qualcuno mimosa giapponese, perché i fiori avevano i colori dei petali del ciliegio. Non era né l'una né l'altra. Non era nemmeno una mimosa. Col passare del tempo, la pianta aveva dato il nome alla casa. E dalla casa, il nome era passato a tutta la via. Ci davamo appuntamento a Costantinopoli. D'estate, quando arrivavano i turisti nuovi, questa abitudine creava confusione nelle indicazioni stradali, o negli appuntamenti tra i ragazzi. Il cinema sta nella parallela a Costantinopoli. Gira per Costantinopoli che fai prima. Dopo le sei non si parcheggia a Costantinopoli. Cose così. Vittoria si divertiva, diceva che le piaceva vivere a Costantinopoli e forse veniva davvero da Costantinopoli, per quanto ne sapevamo.

Quando Mara e Vittoria erano arrivate, avevamo pensato fossero uscite da una comune. Anche a Scauri avevano tentato di fondarne una qualche anno prima, dietro Monte d'Argento, ma alla fine il progetto era naufragato. Soprattutto a causa delle ossa trovate mentre scavavano il pozzo. Si diceva fossero di epoca romana, all'inizio. Invece erano della guerra, la seconda. Il progetto della comune era naufragato perché, così si diceva, uno dei fondatori aveva riconosciuto la nonna tra quelle ossa mischiate come in uno shanghai.

C'era il teschio di nonna, così ripeteva al bar.

Ha visto il teschio di sua nonna e il teschio gli ha parlato, questa la voce che girava.

Ma nonna da parte di madre o di padre?, si informavano.

E che ha detto il teschio?, insistevano.

Qualcuno proponeva una raccolta firme perché le parrocchie smettessero di organizzare le recite. Tutti si sentivano Amleto col teschio in mano.

Si diceva Vittoria avesse adottato Mara. Che l'avesse rapita, come per i bambini che arrivavano insieme al circo o i gatti che sparivano quando il circo levava il tendone e smontava le gabbie. Si dicevano tante cose e molte di più venivano taciute. Si diceva che Mara, con quei colori da tedesca ma quell'allegria nei movimenti, fosse figlia di nazisti scappati in Sudamerica al contrario di Kappler e Reder che si erano fatti il carcere a Gaeta. Si diceva che i genitori di Mara fossero morti e che Vittoria se ne fosse fatta carico.

Tuttavia, quando dal lungomare le si vedeva passeggiare sulla spiaggia circondate dai cani che Mara portava a passeggio, e Mara si scioglieva le trecce e ballava qualche passo avanti a Vittoria, con volte e giravolte, ecco, la natura di questa presa in carico, di questa adozione, non era più così chiara. I capelli biondi, i fianchi che ondeggiavano al ritmo di qualche musica che nessuno di noi poteva sentire. Un rapimento, insomma. Ma in che senso? Vittoria faceva dondolare la stanghetta degli occhiali tenendola tra i denti.

La farmacista stessa, che pure aveva grande stima di Vittoria e si confrontava con lei su preparazioni galeniche che prima a Scauri non si erano mai viste, e infusi che facevano dormire, aiutavano la fertilità, miglioravano l'umore e facilitavano la digestione delle ciambelle fritte del Lido del Pino che erano buone, e infatti uno esagerava, la farmacista stessa nutriva dubbi sul legame tra Vittoria e Mara. Ma se ne fregava. Ci teneva a dire che veniva da Livorno, da sempre porto franco. Di Vittoria, insomma, nonostante l'allegria, nonostante la confidenza che tutti sentivamo con lei, sapevamo ciò che vedevamo. Era distante ma curiosa, accogliente ma riservata, esatta ma evasiva. C'era nel suo parlare un certo fatalismo che lasciava sgomenti. O affascinati. Io ero tra gli affascinati. Era arrivata un giorno con la sua risata che cominciava bassa e finiva acuta, aveva comprato una casa nella quale tutti potevano entrare e uscire, non aveva mai litigato con nessuno, non aveva mai cambiato taglio di capelli ed era morta in una vasca da bagno che tutti conoscevamo molto bene, senza mai esserci entrati, solo perché era in fondo al corridoio, all'esatto opposto della porta di ingresso. Un incidente, avvocato, un brutto incidente. La sfortuna.

Prima di andare a casa di Vittoria, avevo deciso di fare una passeggiata sul lungomare, a quell'ora era quasi deserto, i ragazzi usciti dal liceo erano rientrati, chi lavorava era in ufficio, in negozio o a casa impegnato in faccende, e chi non lavorava era chiuso in qualche bar a bere e fumare. Il lungomare, alle tre di un martedì di ottobre, era un luogo solitario.

Così passeggiavo e guardavo le Sieci, le cui fornaci erano spente da anni. Luigi giurava di ricordare i pontili che si spingevano fino al largo per consentire alle navi mercantili che attraversavano l'oceano di caricare e portare i mattoni fino in Sud America. Ci correvo sopra, ti giuro, Lea. Io gli rispondevo Ma fammi il piacere. Però mi immaginavo la ristrutturazione di una casa, che ne so, a Buenos Aires, e i muratori di laggiù che si chiedevano, vedendo i mattoni sui quali era impresso Sieci-Scauri, che significavano quei nomi e da dove veniva quella terra cotta e stracotta.

Guardavo il mare e seguivo la linea morbida del golfo, fissavo il parcheggio dove il mercoledì c'era il mercato e vendevano le pezze americane, i vestiti usati. I lidi, uno diverso dall'altro, colorati e sbiaditi al sole. Sentivo, nonostante fossi ancora distante, la musica che usciva dalla Bussola, un bar dove non andavo volentieri perché a Luigi non piaceva. All'altezza del Lido La Tintarella, mi ero fermata indecisa se la mia avversione per la Bussola dimostrasse che, nonostante gli studi, pensavo come mia madre, e cioè che i mariti si ascoltano senza discutere.

Davanti al Lido Oriente avevo aperto l'agenda ed estratto la foto della rissa nella quale Vittoria avrebbe camminato fino a sbiadire. Così succedeva nelle polaroid. Ero scesa sulla spiaggia per cercare il luogo esatto. Non che pensassi di trovare chissà cosa. Vittoria era stata lì sabato sera, Carmela aveva detto che la domenica mattina era limpida e il mare era piatto, ma io sapevo che da Ponza l'aria era spessa come una coperta, questa differenza mi lasciava inquieta. Due punti di vista, due sensazioni opposte. La stessa giornata. Avevo accettato l'invito di Alba solo perché dalla casa si vedeva il porto. Con la foto in mano, avevo identificato il luogo della rissa e mi ero incamminata verso Monte d'Argento, la direzione presa da Vittoria e che era quella di casa sua. Arrivata al Lido Maria, quando la lingua di sabbia si restringe, mi ero avvicinata allo stabilimento, una palafitta che mi incuriosiva e intimoriva fin da quando ero bambina.

C'era ancora qualche canoa, un sandolino malmesso, ciambelle e canotti sgonfi e salvagenti rigidi, arancioni, da traghetto, cordame vario e sfilato, di nylon. Guardavo il buio e nel buio che mi guardava si era improvvisamente accesa una pupilla. Avevo aspettato che gli occhi si abituassero alla penombra e intanto, cercando di non inciampare, mi ero avvicinata a quel bagliore. Vittoria indossava due bracciali, uno aveva tre campanellini, l'altro era un laccio di caucciù, o forse pelle, chiuso da due maglie di catena, d'argento. Erano stati i campanellini, credo, il motivo per cui tutti avevamo pensato alla comune. Delle maglie d'argento era meglio non pensare niente. Sembravano manette, il contrario della comune. Inginocchiandomi per raccogliere il baluginio dorato, avevo allungato la mano ma nel palmo mi ero ritrovata solo la scaglia madreperlacea di una conchiglia.

Gli unici due hippie di Scauri indossavano magliette e campanellini. Vivevano, un po' accampati, là dove Scauri lungo l'Appia si trasforma in Marina di Minturno e dove le case rivelano, più che altrove, la mancanza di piano regolatore comunale o regionale e la fantasia si scatena, la creatività del geometra trova il suo terreno più fertile, la frustrazione per non aver concluso gli studi di architetto si lenisce. Cancelli come navicelle spaziali o che paiono anelli di Ottaviani smaltati, intonaci dal giallo limone al rosa carico, case addossate l'una all'altra ma non come nei borghi medievali, solo accostate, a distanza di un metro o due. Finestre che, in quei corridoi senza soffitto, tra un muro e un altro, si aprono, certe volte non del tutto, e si affacciano su ciò che il vento e le cattive abitudini portano in giro. Fortunatamente, essendoci appunto molti geometri ma pochi architetti, le abitazioni non vanno oltre il secondo piano. E questo dona al paese una grazia incongrua. I due hippie vivevano vicino a Patella, il fioraio. Così chiamato perché non era uno che si spostava volentieri.

Manuela della cartolibreria in piazza Rotelli aveva detto al marito che lavorava al bar Lucciolet-ta, e aveva la tendenza a dire tutto a tutti, che Vittoria aveva ordinato un libro chiamato *I Ching* e dunque forse non era cattolica. La comune col sesso libero era il contrario del cattolicesimo, certo. Questo era successo a un certo punto. Un certo punto nel quale non avevo figli e Madama era viva. Tuttavia, pur non frequentando Vittoria o Mara la chiesa, come facevamo più o meno tutti la domenica mattina ciascuno per un motivo più o meno somigliante alla fede, le si vedeva sempre tra i banchi la notte di Natale o la sera di Pasqua e chi ci capitava seduto accanto spergiurava che entrambe conoscevano le preghiere e si alzavano e si sedevano a tempo. Io avevo ripreso a frequentare la chiesa, per esempio, perché Giulia stava attraversando, nei suoi otto anni, un momento di estasi mistica. Non riuscivo a capire se fosse stata la primina dalle suore, o quei pomeriggi trascorsi con i miei genitori che cercavano i mali col pendolino e pregavano per scacciarli. Fatto sta che ci ero ritornata per accompagnarla, e perché il Partito comunista, per anni rito settimanale di Luigi e mio, non c'era più.

Avevo stretto nel palmo la scaglia di madreperla e mi ero sentita triste fino a quando non avevo avvertito, dal pugno chiuso, un leggero odore di tabacco e tuberosa, i due profumi che annunciavano l'arrivo di Vittoria. Li mischiava lei stessa. E questo si sapeva perché Grazia, che aveva il negozio di coloniali appena prima di piazza Rotelli, faceva venire da Roma gli oli essenziali di tabacco e tuberosa che poi Vittoria trasformava in profumo, Vittoria comprava lì anche i saponi e un riso sottile, basmati, profumato anche quello. Mi ero chiesta se fosse la natura dell'olio a essere più persistente di quella dell'acqua di colonia, se fosse possibile che sentissi il profumo e se anche l'odore è una immaginazione. Vedevo le macchie d'olio galleggiare sull'acqua e il corpo di Vittoria affondare nella vasca rivestita di mattonelle nere.

Vittoria aveva camminato sulla battigia, forse si era avvicinata al Lido Maria, per i sandolini, o le tavole da windsurf, che durante l'inverno venivano portati altrove ma che a ottobre ancora stavano lì colorati e dismessi. L'avevo vista qualche volta, mentre passavo sul lungomare in bicicletta o in macchina, ferma davanti alla palafitta. Tutti facevamo sempre le stesse cose. Tutti sapevamo tutto di tutti. Tutti ci accontentavamo di ciò che avevamo davanti agli occhi. Tutti attribuivamo un certo valore alla forma. Tutti sapevamo, per l'abitudine a passare e spassare sul lungomare, che le petroliere e i mercantili, fermi per settimane all'orizzonte oltre la punta di Gaeta, se avessero avuto un'altra forma, fossero stati cubi di ferro pieno, sarebbero affondati. Tutti sapevamo tutto di tutti. Tutti facevamo sempre la stessa cosa. Era facile trovarsi, e facilissimo evitarsi.

E ancora stiamo con la differenza tra forma e sostanza, pensavo leggendo gli appunti delle maestre ai temi delle mie figlie, ma restavo in silenzio, perché io e Luigi eravamo laureati e loro no.

Una decina di anni prima, Vittoria aveva comprato una barca. Pietro, il pescatore, aveva deciso che era il momento di lasciar perdere e dedicarsi ai nipotini che sarebbero arrivati. Aveva accettato che nessuno dei figli avrebbe fatto il pescatore e si sarebbe occupato del piccolo gozzo genovese blu che era stato – o almeno così andava dicendo Pietro – la sua relazione più duratura. Di certo, con le donne non era stato fortunato, aveva avuto due figli da due mogli morte entrambe di parto. E sarebbe morta pure sua nuora, o forse sarebbe morto il nipote, se Vittoria non si fosse trovata a passare di là per puro caso. In paese se n'era parlato per giorni, e il fatto, per come lo ricordo, era andato così.

Lorenzo, il primo figlio di Pietro, che era stato mio compagno di classe alle medie e allora lavorava in banca, non allo sportello ma dentro, negli uffici, visto che si era laureato all'Università di Cassino, stava a casa con la moglie, poteva essere il 1982 o il 1983, di maggio, e quando Vittoria aveva suonato il campanello, aveva tardato ad aprire e si era scusato, perché Sonia, la moglie, era al bagno, probabilmente la sera prima avevano mangiato pesante e aveva la pancia in subbuglio.

Vittoria aveva chiesto di vedere Sonia che, seduta sulla tazza, con la gonna calata intorno alle caviglie sembrava più giovane dei suoi vent'anni. Sonia si era scusata con Vittoria per la situazione, ma con una voce talmente flebile che Vittoria si era sfilata l'orologio dal polso e dopo qualche minuto aveva detto, sbrigativa, autoritaria forse, che bisognava correre in ospedale. Aveva chiesto a Lorenzo le chiavi della macchina, e lo aveva pregato di sedersi dietro con Sonia. Aveva messo in moto, li aveva portati al Dono Svizzero, a Formia, ed era tornata a casa a piedi. Nove chilometri. All'altezza dell'albergo Europa, Tommaso, che già bazzicava l'ospedale ma non era ancora medico legale, si era fermato per offrirle un passaggio in macchina, ma Vittoria ringraziandolo, sbrigativa, aveva detto Preferisco fare la strada a piedi, e che Lorenzo era saccente e gli uomini, i maschi, sono pericolosi. Più stupidi sono, peggio è, per carità. Tommaso lo aveva detto a Luigi che lo aveva riferito a me. E questo me lo ricordo bene. A me Lorenzo non mi era mai stato simpatico.

L'intervento di Vittoria era stato provvidenziale perché c'era sì una questione riguardante le feci, ma non quelle della mamma. Il bambino aveva fatto il meconio e, sano sano come poi era nato, si stava avvelenando nella sua placenta.

Tutta la storia, dalla consegna della partoriente agli infermieri al ritorno a piedi, alla tempestività diagnostica, alla voce sottile sottile di Sonia seduta sul cesso, era stata raccontata da una delle ostetriche a Tommaso, l'amico di Luigi, che lavorava in ospedale. L'ostetrica, alle soglie della pensione, alonata dalla santità del saper far nascere i bambini podalici senza ricorrere al cesareo, con la manovra, come si diceva accompagnando la parola a un gesto della mano, una rotazione in senso antiorario, lo stesso gesto del mischiare o del brigare nascostamente, l'ostetrica, insomma, aveva assicurato di non aver mai sentito nessuno parlare come

Vittoria, nemmeno un medico, un direttore di reparto, mai, figuriamoci l'assistente di una farmacista, una commessa praticamente. E di Scauri, poi. Ma non sapete, commentava stupita l'ostetrica, con che precisione diceva a questo e a quello e a me pure che dovevo fare.

Per giorni in paese ci eravamo chiesti se fosse mai occorso il caso di un formiano che facesse i complimenti a uno scaurese, e no, non era mai successo. Credo sia stato quello il momento in cui Vittoria è diventata scaurese. E non era a Scauri poi da tanto tempo. Credo sia stato quello il momento in cui avevamo pensato che Vittoria aveva qualcosa di speciale. Sonia avrebbe poi confessato che, mentre il tono di Vittoria la agitava, la sua presenza la confortava, e che aveva pure pensato che Vittoria fosse mezza sexy.

Così, quando Pietro aveva deciso di vendere la barca, aveva chiesto a Vittoria, non perché pensava le interessasse, ma perché si fidava, per un consiglio, sicuro che con tutto quel traffico tra farmacia e pensione per animali conoscesse qualcuno a cui la barca poteva interessare. Vittoria aveva chiesto il prezzo e detto a Pietro La prendo io, purché lui le assicurasse il posto alla Darsena e le vendesse anche il carrello per il trasporto. L'avrebbe tenuta in giardino, dietro casa, durante l'inverno, forse Pietro avrebbe potuto aiutarla a costruire una tettoia.

E così Vittoria era stata la prima donna a possedere un posto barca alla Darsena, club esclusivo per soli uomini. Ogni anno passavano in televisione *Il giro del mondo in 80 giorni* con David Niven nel ruolo di Phileas Fogg, l'uomo che ha scommesso tutti i suoi soldi e deve ritornare a Londra dopo aver fatto il giro del mondo, nell'ora e nel giorno stabilito, al Reform Club, il club per soli uomini di cui è socio. E ci riesce, ma porta con sé una donna, la principessa indiana di cui si è innamorato. Dopo che Vittoria aveva comprato la barca, la Darsena aveva cominciato a sembrarci il Reform Club con le luci al neon, e Vittoria stessa aveva rivelato nel volto qualcosa di indiano e, in fondo, principesco.

Nessuno, prima di quel momento, aveva pensato che Vittoria fosse in grado di portare una barca. Pietro, che aveva voluto accompagnarla, nonostante la resistenza di lei, per un primo giro in direzione Gaeta, aveva poi raccontato al bar Italia che non sapeva una femmina potesse fare certe manovre e certi nodi.

La tettoia era poi stata costruita e negli anni intorno ai tubi Innocenti e sull'ondulato di Eternit erano cresciute ordinate e bizzarre violette, ginestre e campanule bianco-rosate, più voluttuose e durature di quelle che si attorcigliavano alle canne vicino ai fossi o al rio Capo d'Acqua o si arrampicavano sui muri, con foglie che parevano le decorazioni dei capitelli corinzi nella chiesa del borgo marinaro a Gaeta. Vittoria teneva anche un'aiuola di ortiche. Per cucinare, diceva. Io mi ci ero punta i polpacci. E non solo io.

Vittoria era morta nella sua vasca da bagno e io non volevo crederci. Vittoria che ci aveva curato o no con i suoi intrugli di erbe, che aveva fatto nascere un bambino che altrimenti sarebbe morto. Che aveva comprato una casa e una barca. Che viveva con una donna che poteva esserle figlia. Che cercava di rispondere a tutti, cosa che ci aveva fatto credere potesse rispondere a tutto, e facendocelo credere ci aveva consolato. Vittoria era morta e io non capivo perché. Ma ero certa che un perché ci fosse. Avevo bisogno del perché della morte di Vittoria.

Sonia aveva voluto chiamare il figlio Vittorio, e Lorenzo non aveva potuto opporsi e nemmeno Pietro, nonostante avesse sperato che il primo nipote gli fosse omonimo, ma Sonia era stata irremovibile, anche perché Vittoria, prima di consegnarla ai barellieri, le aveva allungato un flacone contenente un liquido di composizione ignota ma che le aveva lenito i dolori del cesareo d'urgenza che erano stati costretti a farle quasi in corridoio. Vittoria, comprando la barca, aveva rassicurato Pietro che se il nipote fosse stato amante del mare gliel'avrebbe lasciata, tanto a Mara le barche non interessavano, e sapeva a stento nuotare. Cosa che aveva fatto ricredere il paese riguardo la natura del rapporto tra Mara e Vittoria, se si parlava di eredità, di cose da lasciare, doveva esserci una qualche parentela. Forse Mara viveva con la zia. Era stata credo la compravendita della barca a far riaffiorare la storia della casa di via Romanelli sul cui atto, stilato circa dieci anni prima, stava il nome di Mara. Il notaio della casa, intanto, era morto e al bar Italia nessuno ricordava più le parole esatte. Ormai la casa era effettivamente Costantinopoli, che sta lì nel mito dall'inizio dei tempi.

Costantinopoli è una delle strade che dall'Appia portano alla via Olivella che corre lungo la ferrovia. Scauri ha tre paralleli, dice Luigi, che misurano la distanza dalla spiaggia alla campagna. Il lungomare, l'Appia e l'Olivella. Il resto delle vie sono meridiani e Costantinopoli è uno di questi. È una via elegante – se l'aggettivo ha senso riferito a Scauri. Di fronte alla casa di Vittoria e Mara c'era stata per un periodo una copisteria, poi la sezione locale del PCI, e adesso c'era una agenzia di pratiche auto dove non avevo mai visto nessuno. Era una strada di professionisti, gente un po' più agiata, ci viveva un otorino, un professore di matematica, una professoressa di inglese, un commediografo e poeta polacco, sei mesi all'anno, e due che commerciavano in granaglie, i Nocella che abitavano sopra l'agenzia di pratiche auto. Nelle altre case della via ci venivano i villeggianti d'estate. Le case non dovevano costare poco ed erano ben distanziate e circondate, se non da giardini, almeno da un qualche verde. Era l'unica strada che ancora resisteva agli infissi di alluminio anodizzato e alle tende da sole. Il negozio che le vendeva prosperava sull'Appia, poco distante.

Luigi e io, quando l'anno prima avevamo ristrutturato casa, avevamo ceduto all'alluminio dorato. Con i soldi a disposizione avevamo preferito fare un altro bagno, invece che restaurare gli infissi in legno.

Col campanellino nella testa e la conchiglia in tasca, mi ero avviata verso casa di Vittoria, certa che prima o poi, nonostante potessi srotolare una lunga lingua di passato illudendomi fosse ancora viva, avrei dovuto convincermi che c'era stato l'incidente nella vasca. Di Vittoria piano piano non avrebbe parlato più nessuno, io stessa avrei smesso di pensarci. Mi dispiaceva che il fine settimana a Ponza mi avesse impedito di salutarla un'ultima volta, provavo antipatia per Alba che mi aveva invitato. E per me che avevo accettato.

In casa c'erano una decina di persone, le solite, i Nocella, la farmacista con le tre figlie, Filomena, Pietro il pescatore, Sonia e Vittorio con i calzoni ancora corti, l'assessore Comi e la moglie, i ferrovieri del dopolavoro. Mara, in una zuppiera che somigliava a una boccia per pesci rossi, preparava qualcosa che sembrava punch e ripeteva, come una nenia, tra sé e sé, Il kir royale è il preferito di Vittoria, ma abbiamo quasi finito la cassis. Anche la cassis era un prodotto che, prima di Vittoria, nessuno aveva mai sentito a Scauri e che grazie, o a causa, di Vittoria avevano cominciato ad acquistare, lo tenevano anche al bar Haiti, al semaforo di via Olivella, e al bar del dopolavoro ferroviario, di fronte alla stazione dei treni, luoghi che Vittoria frequentava e nei quali andava a giocare a carte. Era una grande giocatrice di carte.

Mi ero avvicinata a Mara e non sapendo cosa dirle l'avevo abbracciata, Mara mi aveva stretta forte e pensavo non mi avrebbe più lasciata andare, invece quasi subito, staccandosi, aveva detto Devo dar da mangiare al serpente.

Ho realizzato così, col corpo di Vittoria nell'altra stanza, che gli animali esotici vivevano anche da noi e non solo nelle case delle riviste patinate. Ho guardato il divano bello ma liso, le sedie Thonet con la paglia di Vienna irrigidita dal tempo e che presto si sarebbe crepata, i tappeti con qualche alopecia e bicchieri e piatti bellissimi tutti spaiati, una teiera d'argento dall'aria araba, la casa profumava di lavanda e di Vittoria, dei suoi oli, nonostante i cani e i gatti fossero ospiti abituali e inquilini stabili.

La camera da letto era semplice, un letto matrimoniale molto stretto, di legno scuro, che pareva una barca con dentro un materasso, un comò basso e lungo di un azzurro polvere scurito dagli anni, lenzuola di lino bianche, bellissime, con una balza di pizzo che mia madre avrebbe invidiato ad alta voce – era pizzo chiacchierino? Io non avevo mai imparato né i ferri né l'uncinetto –, due sgabelli al posto dei comodini, scuri come il letto e con le gambe che ne riprendevano le curve, una porta scorrevole oltre la quale si intravedevano vestiti appesi, e una cassettiera. I serpenti e le cabine armadio anche a Scauri.

Vittoria era stesa sul letto, le braccia lungo i fianchi, vestita dei suoi pantaloni di lino bianco, un paio di espadrillas nere, dalle suole parevano nuove, e una camicia di cotone color carta da zucchero, con le maniche a tre quarti. Era vestita d'estate. Del lino le piaceva la consistenza, di questo mi ricordavo. D'altronde, i morti non hanno freddo. Non sembrava dormire, e nonostante il trucco, le affiorava sulla pelle del viso e delle mani un colore giallo azzurro, simile a quello del comò, e dello scamiciato sbiadito, leggerissimo, col quale tante volte l'avevo vista. Mara le aveva lasciato uno solo dei due anelli che era solita portare, l'altro stava poggiato sul comodino, al polso aveva i bracciali, mi ero chinata e avevo contato i campanellini. Ho preso il pezzo di conchiglia dalla mia tasca e l'ho passato nella sua. Quando Mara è venuta a chiamarmi, mi ha trovata con le mani sul polso di Vittoria.

Mi dispiace tanto, Mara.

Sapeva nuotare così bene, se fosse viva si divertirebbe, le storie strampalate la facevano ridere, ai funerali si divertiva, questa morte che sembra uno scherzo l'avrebbe rallegrata.

Dici?

Certo, diceva che la frase più comica del mondo è C'è molta speranza ma nessuna per noi, non lo so se però era sua o l'aveva letta.

Mara aveva cominciato a ridere, mi aveva preso la mano e trascinato nel salotto dove tutti parlavano di Vittoria e bevevano kir alla sua memoria, con gesti uguali a quelli con cui avevamo brindato alla sua salute. Ho bevuto anche io. Ho chiesto a Mara se si era accorta di un qualche cambiamento, se Vittoria le aveva confidato un malessere o una stanchezza. No, aveva detto Mara, sabato era più allegra del solito, anzi, aveva abbassato la voce, abbiamo bevuto e poi siamo state insieme, non succedeva da tempo, pensavo di non piacerle più. Certo, mi era sembrato strano non uscisse a giocare a carte come ogni sabato, ma poi abbiamo cominciato a bere, e tutto il resto, e non ci ho pensato e la mattina quando mi sono svegliata per portare fuori i cani era già uscita.

Il fiato di Mara sapeva di alcol.

Sono arrossita e Mara si è avvicinata per darmi un bacio sulla guancia, aveva il profumo di Vittoria, sorrideva. Era bella.

A casa, ho raccontato a Luigi del kir, del serpente e della cabina armadio, della serata di Vittoria e Mara, della frase sulla speranza che però a Luigi non faceva ridere, io ancora dovevo capire se mi faceva ridere, ma più sì che no.

Luigi ha detto di aver saputo, al dopolavoro dove si era fermato tornando da Napoli, che i pensionati del Circolo ferrovieri erano stati i primi a preoccuparsi per Vittoria perché sabato sera non si era presentata per la partita a carte. La domenica mattina Franca, che già doveva andare a casa loro, aveva anticipato di una mezz'ora, perché il marito Salvatore aveva chiesto Ma che è successo a Vittoria?, non ha perso una briscola in vent'anni.

Luigi si è avvicinato, mi ha baciata sulle labbra e ha fatto scendere una mano fin quasi sotto le natiche, ho avvicinato il bacino al suo. Io sapevo di piacere ancora a Luigi e che Luigi mi piaceva molto. È entrata Silvia urlando che sua sorella Giulia le aveva rotto una bambola, e si era messa a piangere. Luigi ha detto Vado, e io sono rimasta in cucina a guardare i moti convettivi nell'acqua sul fornello che avevo riscoperto la settimana precedente ripetendo scienze con Silvia.

La notte avevo fatto un sogno nel quale vivevo ancora a casa dei miei. Ricevevo una busta dalla questura di Latina. La aprivo. Dentro c'era un foglio sul quale leggevo di non poter partecipare al concorso per ispettore di Polizia perché troppo bassa. Strappavo la busta e accartocciavo il foglio. Suonavano alla porta, mi affrettavo infastidita. Vittoria, con la divisa da ispettore, stava in piedi, mi guardava con quei suoi occhi liquidi, la stanghetta degli occhiali in bocca e io distoglievo lo sguardo. Vittoria era più bassa di me di almeno dieci centimetri.

Mi ero alzata presto con l'idea di passare in ufficio prima del funerale, non volevo avere con me la fotografia della rissa e altre carte e rischiare di perderle. Davanti al portone stava parcheggiata una Mercedes nera, molto nuova visti i numeri che, sulla targa, seguivano la scritta ROMA. Avevo appena infilato la chiave nel portone quando dal sedile posteriore, dopo aver aperto la portiera con un gesto asciutto, si era affacciato un uomo elegante e anziano, alto, dinoccolato, con gli occhi di un verde slavato, il dorso delle mani macchiato dal tempo e l'interno dell'indice e del medio della mano destra scuri di nicotina. Aveva un trench nero e portava un cappello a falde, leggero, Borsalino, tutto ciò che indossava era nero, eccetto la camicia. Nel momento in cui si era toccato la balza del cappello ero stata certa non volesse chiedere una informazione.

Sono Giorgio Pontecorvo d'Aquino e mi occupo della difesa del giovane Antonello Antonelli, i suoi genitori sono entrambi cari amici dei miei nipoti, non sono riuscito a raggiungerla prima, avvocato, e sono qui per altre faccende, mi chiedevo se oggi pomeriggio avesse tempo per un colloquio, credo dovremmo accordarci al fine di evitare l'aula, i miei assistiti e il giovane Antonelli vorrebbero raggiungere una conciliazione e ovviamente un accordo economico, sono sicuro che entrambi vogliamo evitare di insozzare la fedina penale di due ragazzi così giovani, nessuno voleva ammazzare nessuno, sono cose che succedono, credo di aver commesso qualche sciocchezza del genere anche io alla loro età, ma è passato tanto di quel tempo che forse è un desiderio e non un ricordo.

Aveva sorriso stirando le labbra. Doveva essere stato un bell'uomo. Adesso era più elegante che bello.

Certo avvocato, possiamo vederci alle quattro, o alle cinque, quando vuole.

Preferirei le cinque, prima ho un impegno del quale non riesco a valutare la durata.

Bene per le cinque, allora.

Avvocato Russo.

Sì?

Ci sono molti gradini per il suo ufficio?

Quarantotto.

Le dispiace allora se spostiamo la nostra chiacchierata altrove?

Certo che no.

Mi dica lei, non conosco il paese.
Ci vediamo alle cinque allo Scoglio.
La ringrazio.
Avvocato Pontecorvo.
Mi dica.
Perché parla di due fedine penali, è il suo assistito che ha lanciato la bottiglia e ha spaccato il naso al mio.
Ma è il suo assistito che ha male interpretato un'intenzione goliardica, ha preso a pugni il mio, e ha avuto la peggio.
Non esistono i processi alle intenzioni, esistono i fatti, e a quelli mi attengo. Inoltre, avvocato Pontecorvo, esiste una foto del suo assistito che lancia la bottiglia, una polaroid, il ragazzo prende la mira.
Ci vediamo alle diciassette, sarà una bella chiacchierata, la ringrazio, signora.
Ma si figuri, grazie a lei, signore.
Era rientrato in macchina, sfiorandosi la falda del cappello con quel gesto già lugubremente consueto. Si era seduto dietro. Alla guida, una persona di cui non riuscivo a vedere i tratti aveva messo in moto. Lasciando la foto sulla scrivania, avevo osservato ancora una volta la figura di Vittoria sullo sfondo e mi ero resa conto che non ne avevo mai saputo il cognome prima di leggere i manifesti funebri. Quei fogli bordati di nero che cer-

cavo ovunque, come se i morti sapessero sempre qualcosa sui vivi. Vittoria Basile. Era nata a Roma. Aveva compiuto da poco sessantaquattro anni. Se avesse fatto una festa di compleanno e io non me ne fossi accorta, Luigi lo avrebbe saputo. Invece non aveva festeggiato.

La piazza antistante la chiesa era gremita, per la seconda volta in pochi anni. Il 30 gennaio 1989 era scomparsa Gisella Treglia il cui corpo era stato trovato nella pineta, bruciato e con una gamba rotta all'altezza del ginocchio. Gisella aveva diciassette anni, studiava per diventare maestra d'asilo. Era stata vista l'ultima volta all'edicola di fronte al bar. Parlava, avevano riferito, con una ragazza alta e bruna, coetanea, che nessuno conosceva o aveva riconosciuto e della quale nei giorni successivi si sarebbero perse le tracce. Tutti avremmo dubitato della sua esistenza. L'indagine era durata circa dieci giorni, i carabinieri di Scauri, Sessa Aurunca e Formia avevano interrogato centinaia di persone, cinquantasei nei primi due giorni, e un'ondata di paura si era diffusa rapida come una diceria – è il primo omicidio di un serial killer. A metà febbraio i carabinieri di Formia avevano arrestato Alfonso Coppola, un ragazzo di diciannove anni che era andato da Gisella perché lei facesse da tramite con la ex fidanzata, cugina di Gisella. L'aveva ammazzata, aveva confessato ai carabinieri. Quando Gisella gli aveva rinfacciato di essere violento con la cugina, si era incazzato e le aveva dato un pugno. Credendo di averla uccisa, l'aveva portata in pineta, le aveva piantato diciassette coltellate in corpo e l'aveva bruciata per simulare un rito satanico.

Vittoria era rimasta turbata dall'omicidio ed era venuta a trovarmi in ufficio. Se il ragazzo fosse stato in grado di capire che Gisella non era morta, forse non l'avrebbe ammazzata, aveva detto. Vittoria aveva parlato a lungo, il volto rivolto alla finestra. Di solito, preferiva i sorrisi alle parole, ma quella volta non aveva sorriso mai. Aveva sottolineato la violenza degli esseri umani. Un sistema, non un caso. Mi ero chiesta se per esseri umani intendesse uomini, maschi, o se tra quegli esseri umani ci fossimo anche io o lei. Mi ero chiesta se lei stessa non l'avesse subita, quella violenza, ma ero rimasta zitta. Mi ero chiesta se lei non avesse accoltellato qualcuno. Io ancora no.

È l'amore che è terribile, le avevo detto quando finalmente aveva smesso di guardare fuori.

Non c'entra l'amore in queste cose, Lea, è il senso della proprietà, l'occupazione del territorio. Lo sappiamo tutti, comincia in famiglia. Non sto dicendo che le famiglie creano per forza mostri. Sto dicendo che tutti, perché abbiamo vissuto in famiglia, sappiamo che il senso di colpa nasce al pensiero che uno abbia una vita fuori, qualsiasi vita. Non parlo di tradimenti, basta un lavoro, un interesse. La prospettiva di un diploma, o di una laurea.

E succede a tutti?

Gli uomini sopportano meno delle donne, ma il fastidio è di tutti, maschi e femmine. Gli uomini però sono abituati al possesso, al controllo, la storia è dalla loro parte, e sopportano meno l'esistenza di una vita qualsiasi oltre la famiglia, la loro famiglia. Pensa, Lea, a questo ragazzo, a questo assassino, che senza avere una vita famigliare con la cugina di Gisella, non sopportava che Gisella, ripeto, cugina della fidanzata, ne avesse una che non lo riguardava. Voleva fare la maestra.

Avevo paura per Silvia che a sette anni cominciava a girare sola per Scauri, e ancora più paura di presentarle il mondo come un luogo ostile.

Ho paura, avevo detto a Vittoria.

Si fallisce ma non bisogna pensare che difendere le persone che si amano sia impossibile, per questo non bisogna amarne troppe, difendere è faticoso. E certe volte si può anche vincere, aveva aggiunto trionfante, finalmente sorridendo. E non fare quella faccia, Lea, non siamo fatti per soffrire, capita di accondiscendere alla sofferenza, ma non bisogna abituarsi. Non aver paura per le tue bambine, non pensare all'amore, non essere sentimentale, quante idee romantiche, lascia perdere, parla con i genitori di Gisella, dà loro un sostegno che sarà più gradito perché conosci la legge e i suoi strumenti.

Forse è meglio padre Michele, o uno psicologo.

Anche tu con gli psicologi, Lea? La vita interiore non esiste, è solo una scusa per comportarsi male.

Le avevo risposto che se fosse accaduto a Silvia o a Giulia non avrei aspettato nessuna legge, nessun giudizio, nessun avvocato, avrei agito per mio conto.

Immagino che la maternità faccia questo, aveva sussurrato.

Io non mi fido della giustizia, Vittoria, la giustizia a che serve? Se tutto andasse secondo il buon senso, il rispetto, la capacità di mantenere la parola data, non avremmo bisogno del diritto che è un luogo dove la verità non vale più niente.

Ma dove vale la verità, Lea? Lo vedi che hai idee romantiche? Comunque, adesso me ne vado, alla tua età avevo da fare, e non gradivo interruzioni.

Vincere si può, aveva ripetuto alzandosi, e sorridendo ancora con quella sua aria malinconica e allegra, levantina. Timida e grave. Schiva e sfrontata.

Un'ultima cosa, Lea, proprio perché non siamo fatti per soffrire, hai ragione tu, per vivere ci circondiamo di molte cose inutili e quindi abbiamo la possibilità, andando avanti, di alleggerirci, occupare meno spazio, nella speranza che chi viene dopo trovi il proprio e faccia meglio.

Mi ero chiesta quando avessi detto ciò che Vittoria aveva capito, e se qualcuna delle parole pronunciate, da me e da lei, la riguardavano. Vittoria che vestiva senza orpelli, parlava senza fronzoli, aveva la buca per gli scarti di frutta e verdura in giardino, dietro la casa, dove d'inverno teneva la barca, e separava la carta dalla plastica e il vetro dal metallo, molto prima che la raccolta differenziata diventasse una prassi e non possedeva in casa una sola cerata, un solo Tupperware, un solo rotolo di pellicola. Non aveva i buchi alle orecchie. Lei che poteva stare al mare per mezze giornate intere, da sola e senza parlare con nessuno. Quante di quelle parole sulle cose inutili la riguardavano? Mentre continuavo a pormi domande delle quali mai avrei saputo la risposta, Vittoria aveva riaperto la porta, senza bussare.

Lea, tieni queste, sono gocce, non più di dieci al giorno, erbe, ti calmano.

Ma io.

Come in tutti i funerali di paese c'erano i curiosi, anche perché la piazza e dunque la chiesa danno direttamente sulla via Appia e di solito si rallenta con la scusa del semaforo o dell'incrocio, per sbirciare. Così, quando ho visto la macchina dell'avvocato Pontecorvo accostare con le quattro frecce e altre due macchine, un'altra Mercedes e un BMW, il Tre lettere come lo chiamavamo da Scauri fino a tutta la Campania, non ho pensato subito fossero lì per il funerale di Vittoria.

Invece.

Oltre all'avvocato, dalle macchine erano scese una donna più giovane con un uomo che le teneva il braccio e due ragazzi, gemelli forse, poco più che ventenni, e una signora, forse di cinquanta, con un ragazzo biondo sui sedici che avevo già visto. Tutti erano molto eleganti, molto formali, tutti, passando nella navata centrale, avevano tirato dritto, solo il sedicenne si era voltato verso Mara e aveva abbassato la testa in segno di saluto. Così, mentre li seguivo, mi ero accorta che Mara e tutti noi c'eravamo sistemati nelle panche di destra, mentre gli stranieri erano rimasti a sinistra, occupavano solo le prime due panche. Dietro di loro, nessuno. Se la chiesa fosse stata un traghetto per Ponza e noi automobili, sarebbe stato sbilanciato.

Padre Michele aveva parlato di Vittoria, del suo essere dedita alla comunità, delle campagne di raccolta erbe organizzate con i bambini e le bambine delle elementari, e degli erbari che ciascun bambino componeva, dei laboratori di anatomia, e delle ore di conversazione in inglese e francese che metteva a disposizione di chi si trovava davanti a una lingua che non aveva mai sentito.

Mi salivano domande che non mi ero mai fatta.

Dove Vittoria avesse imparato le lingue, l'anatomia, la botanica. Certo, la comune sulla quale tutti avevamo fantasticato poteva essere internazionale. Il pavone, che era arrivato a un certo punto, era un regalo di Vittoria a Mara. Il pavone tramuta il veleno in altra sostanza. Il pavone è simbolo di longevità. Patrick, il pavone, viveva a Scauri, in via Romanelli, in una casa abitata da due donne che potevano essere madre e figlia e non lo erano. Un pavone a Costantinopoli.

All'università avevo incontrato una ragazza, era figlia di un professore di letteratura di origine argentina, di Buenos Aires. Lui aveva conosciuto la madre della ragazza mentre viveva in una comune di sole donne in Olanda. Sulla natura internazionale della comune non mi ero fatta tutte le domande che invece mi ero posta sull'altra questione. Sole donne. Sole donne che stavano con gli uomini, come la madre della mia amica, o sole donne che stavano tra loro?

Pavoni, comuni, erbe, *I Ching*, sciroppo di tamarindo, riso basmati. Lea, gli uomini sopportano meno delle donne.

E invece, le macchine lucide e costose, i cappotti e le scarpe a coda di rondine o senza coda di rondine, i cappelli e i guanti, non andavano nella direzione della comune internazionale o no, di sole donne o no, ma in quella di una solida ricchezza che avrebbe spiegato alcune cose della vita di Vittoria come l'acquisto della casa in una via quasi elegante, i servizi di piatti preziosi e spaiati, la conoscenza delle lingue, ma non altre, non tutte. Non vivere a Scauri, per esempio. Raccogliendo i brandelli di conversazione tra una preghiera e l'altra, mi ero resa conto che quei volti non erano nuovi solo per me. Guardavamo, io e gli altri, la farmacista, ansiosi di cogliere il movimento di un sopracciglio. Lei però rimaneva giunonica e dritta, gli occhi all'altare, i capelli che grazie alla lacca Cielo Alto parevano monumenti impacchettati. Solo dopo un poco avevo identificato il ticchettio irregolare e frenetico che all'inizio mi era sembrato venire dall'esterno. Erano le sue dita che tamburellavano sulla spalliera dell'inginocchiatoio.

Cercare di indovinare o capire, su due piedi, cosa ci facesse l'avvocato Pontecorvo lì era oltre la mia immaginazione. Di Vittoria Basile, d'altronde, io non avevo saputo, fino a poco prima, nemmeno il cognome.

Alla fine della messa padre Michele mi aveva mandato a chiamare da un chierichetto, Luca, il figlio minore di Tatiana dell'alimentari. Luca frequentava la chiesa con la mia piccola, Giulia, e non era molto educato. Ma mi era difficile, nonostante l'enorme simpatia per mia figlia, dimostrare antipatia al bambino, così gli avevo scompigliato i capelli anche per ricordarmi che non si fa male a carne che cresce.

Quando ero entrata in canonica, l'avvocato Pontecorvo, nonostante dovesse essere uno abituato a nascondere le reazioni, aveva avuto un sussulto, abilmente mascherato da un colpo di tosse. Io stessa ero stupita di trovarlo lì.

Avvocato Russo, mi aveva apostrofato alzandosi, sono arrivato da poche ore e ho già capito che nel paesino senza di lei non si muove foglia.

Le nocche che stringevano l'impugnatura del bastone erano bianche per lo sforzo.

Lo avevo guardato infastidita, non per il complimento untuoso, ma per il diminutivo riferito a Scauri, il posto nel quale ero nata, nel quale ero rimasta a vivere, e che funzionava come un polmone con i suoi seimila residenti nei mesi invernali e quasi centomila d'estate. Padre Michele mi aveva invitato a sedere, sudava, ma aveva un'aria soddisfatta. Non più trita. Forse i preti sono come i medici, dopo un po' la morte e la sua celebrazione diventano abitudine e le abitudini consolano.

Lea, l'avvocato è il marito di Vittoria, si sono sposati nel 1954 a Londra e non hanno mai divorziato, vorrebbe portare la salma nella tomba di famiglia al Verano, io gli ho detto che Vittoria aveva comprato due posti al cimitero, a terra, perché desiderava essere seppellita qui, e non andare nei loculi, e odiava le cappelle di famiglia, ti ricordi quanto aveva criticato l'abbattimento dei vecchi colombari per far spazio a cappelle con i cancelletti di alluminio? Sembravano villette a schiera. Ma coi morti dentro. I morti a castello, li chiamava Vittoria, e come rideva, ti ricordi?

Padre Michele continuava a parlare di ampliamento del cimitero, e a ripetere all'avvocato Pontecorvo questioni demografiche legate ai registri della parrocchia, a raccontare facezie sui becchini e vaghe storie di fantasmi. Io pensavo a Vittoria, a che fine avrebbero fatto i suoi maglioni, mi sarebbe piaciuto averne uno. I bar avrebbero smesso di ordinare la crema di cassis per il kir oppure ormai c'eravamo abituati?

L'avvocato Pontecorvo era riuscito a interrompere la logorrea imbarazzata di padre Michele.

Credo, padre, che la collega concorderà con me sul fatto che io possa riportarmi il corpo di mia moglie a casa.

Mi ero chiesta se per me e l'avvocato Pontecorvo la parola casa avesse lo stesso significato. Mi ripetevo che non avevano mai divorziato.

La chiesa di Sant'Albina era un mostro di cemento armato immaginato e costruito da qualcuno che doveva aver studiato Le Corbusier senza averlo capito. O forse non lo capivo io. Poteva essere. Ero cresciuta in un paese dove architetto aveva il significato di persona pretenziosa e dove ben due bambine in classe di Giulia si chiamavano Enea perché il nome terminava in a. Potevo dunque accettare di non capire l'architettura della chiesa in cemento armato grigio topo e pianta poligonale dalle cui feritoie – non erano finestre – si vedevano le fronde dei pini. D'altronde Vittoria era improvvisamente morta. Ed era improvvisamente sposata. Nemmeno questo avevo saputo in venti anni.

Avevo cominciato a parlare rivolta alle pigne in bilico sui rami che verdeggiavano oltre i vetri.

Avvocato Pontecorvo, sarebbe un errore e sarebbe doloroso finire in tribunale per una questione del genere, soprattutto non ci sono margini per il giudizio.

Sono nel pieno diritto.

Non è così, avvocato Pontecorvo, l'acquisto del loculo e il pagamento del servizio funebre presso le onoranze Paradiso sono una dichiarazione limpida di intenzione.

Le vostre onoranze funebri si chiamano Paradiso?

È un cognome, avvocato Pontecorvo.

Voi quindi, qui a Scauri, morite e passate tutti in Paradiso? Rimanete lì per sempre?

Capisco il sarcasmo, ma è proprio così.

E mi faccia capire, avvocato Russo, Vittoria avrebbe comprato due loculi in Paradiso per metterci in uno la parte superiore del corpo e nell'altro la parte inferiore, e avrebbe pagato due servizi funebri? Conoscevo bene mia moglie, era una vanagloriosa, ma non di questo genere, dalla cintola in giù e dalla cintola in su?

Uno dei loculi è a nome di Mara Amadasi.

Non sono a conoscenza di rapporti parentali di qualsiasi grado con la signora Amadasi, ma non mi stupisce affatto che Vittoria abbia regalato un loculo, è sempre stata una donna originale.

Mara e Vittoria vivevano insieme.

Non mi pare che i coinquilini possano accampare diritti sui morti, ma forse mi sfuggono leggi e codici che lei conosce bene. O, avvocato Russo, è qualcosa che riguarda le sepolture degli imperatori, non crede?, ci si fa seppellire con tutte le proprietà, cose e persone.

Preferisco pensare che esista un'usucapione sulle cose, si può trasferire alle convivenze.

Padre, la sua compaesana vuole fare giurisprudenza!

No, avvocato Pontecorvo, non voglio fare giurisprudenza, avevo risposto opponendo una mano aperta alla bocca di padre Michele che stava per schiudersi e, rivolgendomi di nuovo alle pigne, avevo ribattuto Non voglio fare giurisprudenza, ma mi piacerebbe fossero rispettate le intenzioni di una persona che ha partecipato alla vita della comunità, che era integrata nel paese, e mi piacerebbe che ciò fosse fatto per amore, se tuttavia l'amore non bastasse, perché non basta quasi mai, ci sono le aule dei tribunali. La morte, le ricordo, scioglie tutti i vincoli, anche quelli matrimoniali. I morti, avvocato Pontecorvo, non sono di nessuno.

A un tratto l'uomo che mi pareva adesso poco più di un vecchio signore benvestito si era alzato, aveva salutato con un piccolo inchino padre Michele e mi aveva detto Abbiamo appuntamento nel suo studio alle diciassette, parleremo anche di questo, spero che nel frattempo rifletterà. Poi, appena fuori dalla porta, rimanendo di tre quarti, lasciandoci ammirare il suo profilo aquilino e autorevole, netto anche se appesantito dagli anni, da attore consumato, aveva tossito e bisbigliato un'ultima frase.

Immagino, signori miei, conosciate la natura dei rapporti tra la donna che oggi mi ha reso vedovo e Mara Amadasi.

Senza attendere reazioni o risposte, si era incamminato, si era calcato il cappello sulla testa, e non si era più voltato. Il ticchettio del bastone sul marmo era irregolare.

Lea, perché deve venire nel tuo studio?
Non in studio, abbiamo appuntamento allo Scoglio.
Uh Gesù, e perché non gliel'hai detto?
È l'avvocato del ragazzo di Roma che sabato scorso ha rotto il naso al figlio del ferramenta.
Ah, chill' 'u guaglion' s'adda sta' accuort'.
Ma non ha cominciato lui.
E non importa, Lea, chi comincia, le mani non si alzano.
Padre Michele aveva tirato fuori dal cassetto una busta da lettera, quelle con una finestrella di plastica. Dovevo ricordarmi di dire a Cristina che ne erano rimaste due in ufficio, sarebbe dovuta andare ai Registri Buffetti per comprarle. La busta era sigillata con la ceralacca, dalla finestra trasparente si intravedeva un foglio a righe, scritto a mano.
Che cos'è?
Il testamento di Vittoria.
Perché non lo avete dato al marito che fa pure l'avvocato?
Perché Vittoria mi aveva detto che in caso di imprevisto dovevo darlo a te, e visto che mi trovo, ti do pure il mio.
Ma che dite, padre Miche'?

Dico che ho la stessa età di Vittoria e che se mi addormento nella vasca non voglio che nessuno m'interra a Prima Porta, ci sei mai stata, Lea, a Prima Porta?

Una sola volta, quando è morta zia Gina, ve la ricordate la sorella di nonna, quella che si era sposata a Roma?

Sì, Gina, che bel carattere teneva, era meglio il Verano, ma non c'è più posto per uno spillo, chissà insieme a chi la mettono Vittoria, qui ha i suoi due metri di terra, ci voleva sopra le erbe officinali, diceva che così, passando, qualcuno poteva portarsi a casa un rametto di rosmarino, o di salvia, o di timo e maggiorana, di citronella o erba limoncina, ci voleva pure l'aglio, pensa.

Perché Vittoria non mi ha dato direttamente il testamento?

Mica pensava di morire, Gesù quanto sei giovane, era scaramanzia.

Mi ero rivolta nuovamente alle pigne sui rami. Non avevo mai pensato che Vittoria fosse scaramantica, e non lo pensavo nemmeno adesso. Ma perché poi, se la morte è l'unica cosa certa, padre Michele diceva imprevisto? O era Vittoria ad aver usato la parola imprevisto?

La madre non è certissima nel cattolicesimo. Di Gesù, per esempio, è più certo il padre.

Non pensavo di essere giovane. Non lo pensavo più da quando avevo partorito.

Avevo salutato padre Michele e infilato il testamento in borsa. Vittoria non era una persona scaramantica, e nemmeno adesso, avevo sillabato nella mia testa mentre ripercorrevo i passi dell'avvocato Pontecorvo.

Immagino conosciate la natura del legame tra la donna che oggi mi ha reso vedovo e Mara Amadasi. Vittoria voleva il timo sulla tomba.

Mi era tornata in mente Sonia che, quando raccontava del parto al quale erano scampati sia lei che il figlio, non mancava mai di dire che Vittoria era mezza sexy. Mi era tornata in mente anche Vittoria, un giorno che l'avevo incontrata mentre tornava dalla scogliera, coi capelli ancora umidi, tirati indietro, e, vedendomi al volante, mi aveva fatto un segno, come di autostop. Vittoria era scherzosa. Mi ero fermata e le avevo detto, giocando anche io, Bella signora, dove va?, Andrò dove vuole portarmi, bella signora, aveva risposto, Ma ci siamo già viste, avevo incalzato, Sì, ci siamo già viste, aveva ribattuto Vittoria appoggiandosi al finestrino, Non mi ricordo dove, avevo continuato allungandomi per aprirle la portiera e avvicinando moltissimo il mio viso al suo, Nemmeno io mi ricordo, aveva detto Vittoria tirando a sé la portiera, nemmeno io mi ricordo, aveva ripetuto, sedendosi e battendomi una mano sulla coscia, ma mi ricordo di lei.

La farmacista mi aspettava fuori, fumava seduta su una panchina. Intorno a lei bambini e bambine rincorrevano un Super Santos sgonfio. C'era anche Mara che guardava per terra, con la punta della scarpa spazzava gli aghi di pino che formavano piccole capanne. Avevo controllato l'orologio, volevo passare a casa, farmi una doccia e cambiarmi per l'incontro con Pontecorvo, e volevo prendere in braccio le mie figlie. La farmacista mi si era fatta incontro e Mara era rimasta seduta, non aveva alzato la testa e non aveva smesso di demolire il villaggio di aghi di pino. L'avevo anticipata.

Lina, scusami ma devo andare, voglio passare da casa prima degli appuntamenti del pomeriggio.

Lea, ma tu lo sapevi che era sposata con l'avvocato?

Mi ero aggrappata alla tracolla della borsa, come era possibile che il paese sapesse sempre tutto di tutti prima di tutti?

No, non lo sapevo, me lo ha detto mo' padre Michele, il marito vuole riportarsi Vittoria a Roma.

E solo da morta se la può riportare, Lea, se Vittoria ci voleva tornare a Roma, c'era già tornata.

Invece voleva stare qua, aveva scelto di stare qua, non andava a Roma con piacere.

E andava spesso?

Un paio di volte all'anno, forse tre, devo controllare, ultimamente di più, come puoi immaginarti Vittoria era molto precisa e appuntava tutto nel registro della farmacia.

Avete un registro?

In realtà è il registro dei medicinali distribuiti, quando è entrata in farmacia, ha cominciato a usarlo anche come registro presenze, diceva che in caso di errori era meglio sapere chi stava al banco, si poteva agire più facilmente ed evitare il peggio, sai com'era fatta.

E perché andava a Roma?

Ma perché tu a Roma non ci vai mai?

Mara ci aveva raggiunte, mi aveva abbracciata e si era messa a piangere, io avevo cominciato ad accarezzarle i capelli come facevo con le mie bambine nonostante io e Mara avessimo quasi la stessa età. Lina mi guardava con un certo sospetto, io continuavo ad accarezzare la testa di Mara, senza riuscire a consolarla, sentivo l'umido delle lacrime oltre la camicetta. Poi, senza smettere di piangere, mi aveva sciolto le spalle e mi aveva ringraziata.

Mara, ma tu lo sapevi che era sposata?

Certo che lo sapevo, Lea, l'ho conosciuta perché era sposata, devo pure dire che, dopo tanti anni, me lo ero dimenticato, pensavo che non avrei mai più visto l'avvocato, ti giuro che Vittoria non aveva nessuna intenzione di passare l'eternità nella tomba di famiglia.

Non ha alcun diritto, Mara, ma capisco che ci provi, è sua moglie. È stata, sua moglie.

Ma poi come fa a passare l'eternità, se è eternità, Le'?

Lina aveva alzato gli occhi al cielo e Mara dopo quella domanda assurda aveva fatto una cosa assurda. Si era messa a urlare stringendo i pugni e battendo i piedi per terra. Se fosse dolore o pazzia non so, ma il suono era un mugolio sordo di denti digrignati. Un frantoio di ossa. Aveva tirato su col naso e mi aveva fissato rabbiosa.

Ho dormito con Vittoria nello stesso letto ogni notte di tutte le notti degli ultimi vent'anni, non venirmi a dire che era sposata con quell'uomo perché è ingiusto ed è falso sia per la legge degli uomini che per quella di Dio, o di chi ti pare. Ma tanto tu fai un lavoro dove non esiste né la verità di Dio né quella delle mani, esiste solo la verità del processo, no Le'?

Sfinita, Mara si era accasciata a terra, al centro della piazza, e tutto si era fermato, come spento, tranne il pallone che impunito continuava a rimbalzare nella nostra direzione, calciato da una bambina e lasciato scorrere da un bambino intento a osservare la donna adulta tutta giù per terra come in un tardivo e solitario girotondo. I due bambini avevano età troppo diverse delle mie figlie perché li conoscessi. La palla era rimbalzata sulla schiena di Mara, lei l'aveva stretta con violenza, l'aveva portata alla bocca e l'aveva addentata. Il pallone sgonfio smorzava le urla, il suono somigliava al ribollio delle onde sui ciottoli della Spiaggia dei Sassolini. Te lo buco!, aveva urlato Mara in direzione dei bambini, quando glielo aveva lanciato tutto sbavato. Lina, la farmacista, si era accesa un'altra sigaretta. Va bene, aveva detto, mo' andiamo a mangiarci qualcosa che forse abbiamo tutti un calo di zuccheri. Lina era imponente, e pure lei aveva fatto una vita diversa dalla nostra. Alle spalle la chiamavamo Linona. E certe volte anche in faccia. E talvolta lei pure si chiamava così parlando di sé stessa in terza persona. Non oggi però.

A casa, Mara si era calmata, le era venuto incontro il gatto rosso a pelo lungo, molto affettuoso, Vito, mentre Sibilla, il cane, un incrocio tra un lupo e un bassotto, era rimasta là dove Vittoria era stata, e senza muoversi, aveva alzato le orecchie e le aveva riabbassate.

Grazie per avermi riaccompagnato.

Ero di strada.

Adesso mi sembra stupido dirtelo, Lea, ed è indiscreto, ma sono stata gelosa di te tante volte, scusa per quello che ho detto in piazza, lo so che sei un bravo avvocato, tutti lo dicono e tutti vengono da te, anche Vittoria veniva, no?

Gelosa?

Sì, Lea, perché Vittoria con te si divertiva a parlare.

In che senso?

La scuola, quelle cose lì, la cultura, ma poi che è 'sta cultura?

Non so che dirti.

Non devi dirmi niente, volevo solo ringraziarti di avermi riaccompagnato e dirti che sono stata gelosa di te.

Ma Vittoria non mi piaceva in quel senso.

Non importa il senso in cui ti piace qualcosa, importa che ti piaccia, e alla fine, quando ti piace e ti avvicini abbastanza, ci finisci dentro.

Nel patio, un gatto nero con uno spruzzo bianco in petto grattava le assi. Scavava, quasi ci fosse qualcosa sotto. O qualcuno. Cosa vedono i gatti? Non ti preoccupare, aveva detto Mara senza staccare gli occhi da un bicchiere dimenticato sul tavolo che doveva aver contenuto liquore. Non ci pensare, starà cercando di acchiappare una lucertola, non le ammazza, stacca la coda.

Non sapevo aveste un altro gatto.

È il gatto di Gino, il ferroviere, Gallina nera, sta sempre qua da tre giorni che Vittoria se n'è andata, lei e Gino erano molto amici, e forse il gatto.

Cosa?

Niente, il gatto uccide gli uccellini.

Non mi ricordo dove, non mi ricordo dove ci siamo viste, bella signora, ma mi ricordo di lei. Non importa Lea in che senso ti piace, il punto è che quando ti avvicini tanto alle persone, ci finisci dentro. Cosa vedono i gatti. Niente, il gatto uccide gli uccellini.

Ero uscita lanciando un'ultima occhiata al bagno con le maioliche nere e i vetri colorati e irregolari. Pensavo a Vittoria, distesa nella vasca, illuminata da una luce verde, rosa, gialla, colori che non le avevo mai visto indosso. O almeno credevo di non averle mai visto. Il gatto rosso dormiva al centro del tavolo, indifferente. Camminando verso casa, rispondevo, di tanto in tanto, con distrazione, a qualcuno che mi domandava del mio essere in giro a quell'ora. Paese è il posto dove tutti sanno tutto di tutti. Era tornato l'odio che provavo per Scauri da ragazza, una sensazione di mancanza d'aria, mi sentivo in prigione. Avevo imparato bene a giocare a scacchi tra i sedici e i diciassette anni perché in galera si possono fare solo due cose, imparare a leggere o a giocare a scacchi. Oppure puoi tirare una moneta e segnare quando esce testa e quando esce croce. O almeno così avevo letto in un volume del *Reader's Digest*. Nella pagina accanto, la pubblicità di un detersivo. E per via degli scacchi avevo conosciuto e mi ero innamorata di Luigi. Forse ci eravamo innamorati entrambi. Anche se lui frequentava già l'università e, con un abbonamento di seconda classe Scauri-Minturno-Napoli, poteva uscire dalla galera. Luigi diceva di no, che era comunque tra chi doveva rientrare in cella la notte. Luigi era molto comunista, suo padre e sua madre non lo erano affatto, anzi, suo padre era partito volontario per la guerra d'Africa, c'era rimasto dodici anni, era stato un convinto fascista. Amavo molto mio suocero, l'alpino fascista, nonostante lo avessi trovato più volte ad addormentare le mie figlie cantando *Faccetta nera* con una voce flautata e che andava ad affievolirsi mano a mano che le bambine cedevano all'incanto dei suoi occhi acqua marina. Luigi aveva gli occhi verdi del padre variegati dal grigio di quelli della madre. Alla fine, eravamo rimasti a vivere a Scauri, Luigi non amava nessun altro posto, e io mi ero adattata. Avevamo arredato la galera, in galera avevamo fatto due figlie. Forse loro sarebbero riuscite a evadere. Volevo che studiassero, viaggiassero, imparassero le lingue. Avessi avuto sedici anni adesso forse avrei spaccato nasi e lanciato bottiglie sulla spiaggia. Avrei rubato le ostie e il vin santo come Riccardo.

Eppure, Vittoria aveva scelto Scauri per vivere.

Luigi odiava la proprietà privata. Odiava anche pagare l'affitto. Così vivevamo in una casa dei suoi genitori, come ospiti, ma puri, leggeri. Questo doveva pensare senza dirlo e forse senza nemmeno saperlo. Era anche pigro, certo. Io però non potevo spostare nemmeno un mobile. Non avevo a disposizione tutta la prigione ma solo una cella.

Vittoria non mi era mai piaciuta in quel senso. Sonia non dimenticava mai di sottolineare che quel giorno Vittoria era mezza sexy. Non capivo se Vittoria si fosse accorta che la maggior parte di noi subiva il suo fascino, o se invece non ci badava, non le importava, e quindi non se ne stupiva e non se ne occupava.

I complimenti non si chiedono, non si rifiutano e non si ripetono, diceva ai bambini che si vantavano dei loro erbari. E ai genitori che si vantavano dei loro bambini.

A casa, Silvia e Giulia mangiavano, il mercoledì a scuola facevano il tempo prolungato e pranzavano tardi. Paola, la signora che da qualche mese si occupava di andarle a prendere e trascorrere con loro parte del pomeriggio, aveva preparato i fagiolini lessi e una fettina di carne. Tutte e tre, sedute a tavola, mangiavano e guardavano Wanna Marchi vendere prodotti di bellezza. Mi era venuta allegria ancora prima di aprire la porta ed ero andata a sedermi.

Volete che vi preparo qualcosa?, mi aveva chiesto Paola con l'accento pastoso dell'hinterland di Napoli, avevo fatto no con la testa senza smettere di contemplare l'attenzione affettuosa con la quale le bambine seguivano le televendite. Mi ero resa conto che Paola e Wanna Marchi si assomigliavano. Se Paola avesse avuto i capelli rossi sarebbe stata Wanna Marchi.

In bagno, chiusa a chiave, avevo acceso una sigaretta e aperto l'acqua per farmi un bagno.

Lea, manco il caffè volete?, aveva urlato Paola e io avevo risposto No, senza convinzione e senza alzare la voce. Poi mi ero spogliata.

L'acqua mi aveva riportato a un giorno di tanti anni prima, al mare. Ero andata da Alba al Lido Delfini. Alba viveva il momento windsurf, nonostante non avesse equilibrio. Il Delfini è un lido bello, i triangoli delle vele spuntano dal lungomare e si confondono con le bandiere che sventolano sui terrazzi. Oggi come allora. Bandiere colorate, festoni.

Insomma, ero già in acqua quando Vittoria mi aveva raggiunto, o forse non mi aveva raggiunto, semplicemente aveva nuotato nella mia direzione. Tentava, galleggiando, di allacciarsi il pezzo di sopra del costume. Quei costumi a fascia, con un filo che quando lo tiri per legarlo intorno al collo trasforma la fascia in un fiocco imbottito da due seni. Costumi che non passano mai di moda. Ma il filo era aggrovigliato tanto che avevo creduto fosse un fiore. Vittoria nuotava con un fiore tra i seni. Mi pareva strano, ma lo avevo pensato. C'era qualcosa in lei che mi turbava, il colore sfuggente degli occhi, il profilo nitido eppure scivoloso, quell'esitazione nel riconoscere l'interlocutore quasi pensasse ad altro. L'aria sorniona di un gatto pronto a saltare su una libellula. L'improvviso acuto della voce mentre parlava. E un'altra cosa che, confessandola a Luigi, mi aveva imbarazzato. Ero sensibile alla noia e ai fastidi di Vittoria. Avrei voluto annoiarmi e infastidirmi come lei.

Allacciato il costume al collo, Vittoria aveva ripreso a nuotare, mi girava intorno, o ero io a girare intorno a lei. La spiaggia, in quel punto, non ha riferimenti. Altrove sì, qualche frangiflutto che, inverno dopo inverno, il mare erode. Ma più verso Monte d'Oro, all'altezza della Tintarella o del Lido del Pino.

Come è possibile ci siano persone che al mare non si bagnano la testa?, mi aveva domandato. Non è la stessa cosa, aveva continuato a rispondersi, sbarazzina, gli occhi di quel colore tra il fondo sabbioso e il cielo giallo per il vento dall'Africa, Il bagno al mare non è come il bagno al fiume o al lago, No, certo, mi ero precipitata a interromperla, il lago è acqua morta. Non avevo mai fatto il bagno né al fiume né al lago. Odiavo parlare per sentito dire eppure lo stavo facendo, come quasi tutti in paese.

Vittoria aveva ripetuto Acqua morta, come in un'eco, e aggiunto Il bagno al mare è consolatorio e euforizzante, Si può essere consolati ed euforici?, le avevo chiesto con una punta di fastidio, e Vittoria aveva riso. In acqua si è sempre consolati e, in certi giorni buoni, in certi momenti fortunati, si può anche diventare euforici. Poi, senza aggiungere altro si era tuffata per riemergere, ogni due o tre secondi, nello stile a delfino che, quando era arrivata a Scauri, nessuno aveva mai né visto né praticato. Sul bagnasciuga mi ero slacciata anche io il costume dal collo e avevo aggrovigliato i lacci come un fiocco su un pacchetto regalo.

Il ricordo passato al Lido Delfini era stato interrotto dal ricordo presente di Mara che confessava Sono stata gelosa di te.

Quel giorno al lido, mentre Alba cadeva dal windsurf, Vittoria era euforica? E io almeno ero consolata?

Ma poi, mi domandavo mentre l'acqua saliva nella vasca, era vero che nessuno aveva mai nuotato a delfino, che nessuno aveva mai bevuto la cassis, che nessuna donna aveva mai avuto un posto alla Darsena oppure avevo deciso che tutto doveva cominciare con Vittoria?

Non avevo avuto un incidente nella mia vasca da bagno e alle cinque meno cinque, nel completo bianco gessato argento che infilavo quando di abiti scuri non avevo voglia, ero entrata allo Scoglio. Tobia, dietro il bancone, aveva alzato la testa. La mia stessa camicia corallo mi aveva sorpreso nello specchio alle sue spalle. Asciugava un bicchiere da birra. Mi aveva fatto un cenno gioviale col mento verso un angolo nel quale, voltandomi, avevo trovato l'avvocato Pontecorvo. Guardava il mare. Aveva quel suo profilo aquilino e teneva le mani incrociate sul tavolo.

Mi piacciono le persone puntuali, aveva esordito, rivolgendomi uno sguardo stralunato. Non gli avevo risposto, mi sembrava improvvisamente vecchissimo, e stanco, quell'angolo era pure il mio preferito.

Secondo te perché è così difficile lavare i boccali da birra?, mi aveva chiesto Tobia, e aveva aggiunto Vi porto il caffè.

Si vedeva tutta la spiaggia, il promontorio di Monte d'Argento, la macchia rosso mattone delle Sieci e i pini marittimi che prima radi, poi sempre più folti andavano a formare la pineta.

L'infilata dei lidi, le case disordinate e agglomerate, il promontorio del Redentore che è il nostro Pan di Zucchero col nostro Cristo del Corcovado. Il Monte d'Oro dove avevo seppellito Madama che amava l'aria di mare. Ce lo avevo alle spalle. Incombeva in qualche modo, come una memoria. Pensavo al Lido Tahiti, ma non riuscivo a identificarlo, d'altronde è poco più alto del marciapiede, pareva un'onda o una duna, una pensilina sul mare, lo aveva disegnato un architetto, mi pareva bellissimo. Architetti e altri architetti, come in ogni cosa. Avevo guardato ancora la pineta.

Da quando Gisella Treglia era stata ammazzata, le case nella pineta avevano perso valore, questo dicevano gli annunci immobiliari. Che hanno una memoria migliore delle persone e certe volte maggior pudore, ripeteva Luigi che pensava quello che pensava della proprietà privata ma si divertiva a vedermi cerchiare annunci di case che non avrei mai visitato.

Io decaffeinato, aveva detto l'avvocato cambiando tono, riacquisendo quello col quale mi aveva congedato, minaccioso, imperioso, nel corridoio della canonica.

Tobia, per favore, uno decaffeinato, avevo detto a voce alta.

Non pensavo fosse già qui, avvocato Pontecorvo, nel parcheggio non ho visto la macchina.

Ho detto a Osvaldo di andarsi a fare un giro, tornerà appena lo chiamo, volevo farle anche io una sorpresa.

Mi lusinga, avvocato Pontecorvo.

Non ho detto bella sorpresa.

Avevo taciuto fissando il panorama fino a quando Tobia non era arrivato con i caffè e l'avvocato, di nuovo gentile, aveva chiesto Zucchero?

No, la ringrazio, ha parlato con i suoi assistiti?

L'assistito è mio nipote, avvocato Russo, il figlio della figlia di mia sorella, per essere più precisi, il ragazzo ammette di aver lanciato la bottiglia, ma pure di non aver mirato al volto del suo assistito.

Il mio assistito, col quale non ho alcun legame di parentela, ha dichiarato invece che il suo assistito era ubriaco e voleva spaccargli la bottiglia in testa.

E come ci insegna Machiavelli, avvocato Russo, per colpire un bersaglio devi mirare più in alto, dunque tecnicamente il mio assistito non ha mirato alla testa, ma sopra la testa del suo assistito.

Vogliamo davvero continuare così?

No, affatto, mi dica quanto vuole.

Non è una questione di soldi, avvocato Pontecorvo.

Ah, no? E di che cosa, dottoressa? La ascolto.

Di un modo di essere.

Mio nipote non ha mai tirato prima una bottiglia, mentre il suo assistito ha alzato le mani più di una volta, a quanto si dice in paese, tralasciando la faccenda delle ostie e del vin santo.

Va bene, ha preso le sue informazioni, il paese è ben informato, ma, avvocato Pontecorvo, la vox populi non è una testimonianza.

Ma è una indicazione, avvocato Russo, una indicazione. In ogni caso il paese non è informato su tutto. Per esempio, non si riesce a sapere quando mia moglie avrebbe comprato le tombe, non loculi, tombe, per terra, e soprattutto non riesco a capire perché in più di venti anni nessuno si sia chiesto da dove venisse e chi fosse Vittoria.

E chi era Vittoria?

Mia moglie.

Mi pare riduttivo.

E quindici milioni di lire per chiudere la faccenda della bottiglia e del naso rotto, le paiono congrui?

Perché tutti questi soldi, avvocato Pontecorvo?

Perché vorrei che la faccenda si chiudesse qui, adesso, e il mio ragazzo che ha qualche intemperanza ma molte possibilità, e aspira a carriere internazionali, possa seguire le sue passioni e avere ciò che gli spetta, non vorrei avesse la fedina macchiata per un inciampo e, non in ultimo, vorrei andarmene da questo posto prima possibile e non tornarci mai più, l'età mi assiste in questo desiderio, se uno non ha tempo deve pagare, e io pago. Posso pagare, e voglio pagare.

Avvocato Pontecorvo, vorrei che suo nipote si scusasse, né io né lei possiamo essere certi che non abbia lanciato altre bottiglie, forse invitarlo a soffermarsi sul gesto gli sarebbe utile.

Si scuserà, avvocato Russo, anche se gli inviti, che poi sono obblighi, mi annoiano, e anche educare gli altri mi annoia, non mi amo tanto e non nutro verso me stesso una simpatia tale per ritenermi in grado di insegnare qualcosa a qualcuno. In ogni caso, i soldi che stiamo offrendo al suo assistito valgono abbondantemente come scuse.

Non ho detto che li accetto.

I suoi assistiti non rifiuteranno, mi creda.

Lei non prende zucchero?

No, dottoressa Russo, non prendo zucchero nemmeno io.

Tobia era arrivato con un piattino di biscotti che spandevano calore e profumo di vaniglia. Sono senza burro e senza uova, aveva chiarito.

Farina di mais, gli avevo fatto eco con la bocca piena di briciole.

Per quanto possa sembrarle incredibile, Vittoria e io ci siamo amati molto.

Non immaginavo Vittoria fosse sposata.

Non avendomi mai chiesto il divorzio, credo non intendesse farlo.

Le avrebbe concesso di divorziare?

Forse alla fine degli anni Settanta no, ma già nei primi anni Ottanta perché no?

Da quanto tempo non la vedeva?

Più di dieci anni.

E vi eravate sentiti di recente?

Non negli ultimi cinque anni.

Mi perdoni, avvocato Pontecorvo, e chi le ha detto del funerale?

Una comune amica, avvertita dalla donna che viveva in casa con Vittoria.

Si chiama Mara.

So come si chiama, dottoressa Russo, se non pronuncio il suo nome è perché non voglio, quel nome e quella donna non ci hanno portato niente di buono.

Non credo Vittoria la pensasse così.

Non ho mai capito cosa pensasse mia moglie, ma l'ho amata, non mi sono mai risposato.

Come avrebbe potuto, avvocato?, non eravate divorziati e la bigamia in questo paese è ancora un reato.

Voglio dire che non mi sarei risposato comunque, e in ogni caso non ho chiesto il divorzio nemmeno io, ci si sposa una volta sola anche se intorno a noi sembra non se lo ricordi più nessuno. Mi dica, avvocato Russo, perché ho la sensazione di dover chiedere a lei il permesso per riportare il corpo di mia moglie a casa?

Come le ho detto, i morti non sono di nessuno, e Roma non era la casa che Vittoria aveva scelto.

Sineddoche o metonimia, dottoressa?, la casa per me o me per la casa?, vuole ricordarmi che per Vittoria io non ero una casa?

Voglio dire, avvocato Pontecorvo, che l'intenzione di Vittoria era chiara, voleva rimanere qua, era integrata nella comunità, molte persone si affidavano a lei e non solo per il lavoro in farmacia.

Non era farmacista, avvocato Russo, Vittoria è stata una delle prime laureate con lode in Medicina della Sapienza di Roma, si è specializzata in medicina d'urgenza, poi in oncologia, interessandosi specificamente alle radioterapie, è stata negli Stati Uniti quasi tre anni, no, non era una farmacista, con tutto il rispetto che ho per la professione.

Non mi pare ce l'abbia.

No, non ce l'ho, pensi a Homais e a Madame Bovary, allora possiamo accordarci su questi soldi e facciamo che tra i ragazzi non è successo niente?, cameriere, il conto.

Non è un cameriere, è il proprietario, questo è un posto speciale, Vittoria veniva sempre qua dopo aver nuotato, la domenica, d'estate e d'inverno, quella lì, la guardi, è la sua barca. Non è un cameriere Tobia, è il proprietario.

E che cos'ha, dottoressa Russo, contro i camerieri?

Niente, era per specificare. Non ho elementi, avvocato Pontecorvo, per pensare che lei e Vittoria vi siate amati molto, ma non ho elementi nemmeno per il contrario. Anzi suppongo che chi si è amato assolutamente può ignorarsi assolutamente.

Non si lambicchi, avvocato Russo, è sufficiente che mi creda. I morti, come ha detto in canonica e ha ripetuto qui, non sono di nessuno, ma converrà che parlano solo i vivi. Vittoria era una persona fuori dal comune, altrimenti non sarei seduto qui dopo tutti questi anni e dopo ciò che abbiamo passato.

L'avvocato Pontecorvo aveva tirato fuori dalla tasca un telefono cellulare. Lo avevo visto solo nei film americani su Wall Street, non pareva maneggevole ma doveva funzionare perché dopo qualche minuto da Osvaldo venga a prendermi, un clacson dal suono vivace aveva squillato oltre la porta.

Si è alzato e io sono rimasta ferma, incantata dalla barca blu di Vittoria.

Dottoressa Russo, aspetto entro domani una sua telefonata.

Certo, avvocato.

Dottoressa, se Vittoria ha lasciato un testamento, e lo ha lei, vorrei essere presente all'apertura.

Come sa meglio di me la morte scioglie.

Sì, tutti i vincoli matrimoniali, ma è la donna che ho sposato, dalla quale non ho mai divorziato e vorrei essere presente, visto che le piace tanto la legge, le ricordo che ho diritto a impugnare il testamento, se mi va di farlo.

Va bene avvocato, se c'è un testamento la avvertirò. Non aveva detto di non voler più mettere piede a Scauri?

Solo gli stupidi non cambiano idea, si dice così, no?

Mi aveva teso la mano, mi ero alzata, era curvo ma mi sopravanzava di due teste, dovevano essere una buffa coppia, lui così alto e lei così minuta. Mi ero riseduta, mi ero sfilata la giacca e avevo ripreso a guardare la spiaggia, la luce che in autunno calava più velocemente. Tobia si era avvicinato con un posacenere. Ma non avevi smesso?, avevo chiesto, tirando fuori pacchetto e accendino. Ho interrotto, Lea, si interrompe, mica si smette. Pensa l'ansia di dire smetto, avevo sorriso a Tobia.

Eravamo rimasti a fumare, poi Tobia con quei suoi occhi chiari che ci facevano girare la testa a tutte, anche le mie figlie arrossivano quando andavo a chiedergli un croccante all'amarena, aveva sussurrato Lea, ma è vero che Vittoria era sposata?

Così dice l'avvocato, Tobi'. E l'avvocato è pure il marito di Vittoria.

Che vai dicendo, Le', quello la'?, ah, la sai la storia della bottiglia del figlio di Anna?

Certo, sono venuti da me per la difesa, ma era una bottiglia di birra?

No, di acqua tonica, forse facevano gin tonic.

Comunque, Tobia, il ragazzo che ha spaccato il naso a Riccardo è il nipote dell'avvocato, più o meno, il nipote della sorella dell'avvocato.

Ma sono tutti parenti?, e poi uno dice il paese, ma lui e Mara si conoscono?

Pare di sì.

Ma non sai niente?

Non ancora, Tobia.

E che intendi fare?

Non lo so, forse adesso me ne torno a casa.

Saluta Luigi e le bambine.

Chissà se Luigi è tornato.

Lea, ti ricordi quando è morto il padre di Filippo?, stavano sulla strada vecchia per Penitro, e il fratello del padre che viveva pure lui là.

Certo, lo zio Alvise, quello che era cieco a un occhio.

Esatto, lui. Quando il padre di Filippo è morto, zio Alvise è rimasto a vivere a casa con la mamma di Filippo, la cognata.

Lo so, me lo ricordo Tobi', mi sembri pazzo.

Le', penso che zio Alvise e la mamma di Filippo dormivano nello stesso letto.

Può essere, ma che c'entra?

Che uno già non sa che succede nelle case degli altri, certe volte manco di quello che succede nella casa dove vive, figuriamoci nei letti degli altri.

Cominciavo a immaginarmi Vittoria e il marito. Ci siamo amati molto, aveva detto l'avvocato Pontecorvo, aggressivo. Giovani, forse felici. In case comode ed eleganti. Case di famiglia. Forse con cani e camerieri. In quest'ordine. Studiosi, ligi, educati. Forse costretti entrambi a proseguire le carriere dei genitori. Nessuna costrizione, anzi, un racconto cominciato nella culla. Una predestinazione. Consolidamento di ruoli e patrimoni. Seguire le orme. Onorarle andando ancora più avanti. E più a fondo. Lei più di lui. Figlia unica per scelta o sfortuna. Fratelli maggiori morti in guerra, o mai nati, sorelle minori non sopravvissute alle febbri tifoidi. O mai nate. Fatto sta che continuare la carriera del padre era toccato a lei, Vittoria. Avrebbe voluto, non avrebbe voluto. Lo aveva fatto. Cosa sapeva Mara di tutto questo? E perché l'avvocato Pontecorvo aveva detto Quella donna non ci ha portato bene? La separazione, certo, e poi? Che c'entrava lui con loro? Persisteva e sussisteva il reato di abbandono del tetto coniugale per chi, come loro, si era sposato in un'altra nazione? Aveva detto Londra. Se lui avesse provato a ricondurla a casa, sarebbe dovuto venire a Scauri. Non una, ma più volte. Impossibile nessuno lo avesse visto in giro prima del funerale. Con quelle macchine che non passano certo inosservate. L'autista pure. O forse, invecchiando, era cambiato. Non si somigliava più. No, si somiglia. Sono tanti o pochi vent'anni? No, in paese lo avrebbero riconosciuto. O forse non aveva tentato di riportarla a casa. Non riuscivo a capire se fosse il dolore che sapevo Mara provava o il sospetto che non mi avrebbe detto niente a spingermi a srotolare da sola il filo di questa storia. Mi ha avvertito una amica comune, aveva detto l'avvocato Pontecorvo. Mara e l'avvocato avevano amici in comune. Il farmacista di Madame Bovary, del quale ricordavo poco, era un brav'uomo?

La bottiglia di acqua tonica mi aveva fatto tornare in mente la storia dell'iguana. L'estate prima che nascesse Silvia.

Al bancone della Tintarella, Mara ordinava due acque toniche, il cappello di paglia a falde molto larghe e con qualche buco le disegnava una aureola intorno alla testa. Mi aveva fatto cenno di avvicinarmi e mi aveva allungato due bottigliette con due cannucce, l'avevo guardata interdetta, il ginecologo mi aveva consigliato di non bere bibite gasate, ma mentre lui motivava il divieto, mi ero distratta su una pubblicità di pantaloni premaman che ammiccava dall'ultima pagina di una rivista rimasta aperta. Così, vergognandomi per la vaghezza, avevo annuito rassicurante e rassicurata e da quel giorno osservavo il precetto senza eccepire. Niente bibite gasate in gravidanza. Avevo poi comprato due paia di pantaloni premaman che non avevo mai utilizzato. Luigi mi prendeva in giro. Lo vedi che sei cresciuta troppo vicino alla chiesa?, e rideva e poi mi baciava e poi di solito finivamo a fare l'amore con quella pancia che si gonfiava ma che invece di dividerci ci avvicinava. Così, credendo mi offrisse l'acqua tonica, avevo detto No, grazie. Ma Mara aveva insistito Per favore, portala a Vittoria, io arrivo subito, devo andare da Filomena, ci sono amici suoi di Roma che mi lasciano un'iguana per quindici giorni, ma non ne ho mai tenuta una e vorrei restituirgliela viva. Prendi anche la mia, ci metto poco.

Così Mara, con la sua aureola di paglia, il suo saio di lino e infradito di corda, era andata via lasciandomi con bottigliette e cannucce. Non amavo le cannucce. Non sapevo dove fosse l'ombrellone di Vittoria e alla cassa mi avevano detto che si appoggiava ai Nocella, il terzo in prima fila a destra. Attenta a non inciampare per via del pancione che mi cancellava i piedi, mi ero incamminata verso la battigia. Vittoria leggeva.

Eccoci qui, mi aveva accolto sorridente.

Le avevo porto una bottiglietta, poggiando l'altra sul piccolo tavolino montato intorno all'ombrellone. Bevila, Lea, tanto Mara ci metterà un po' con l'iguana, non si può bere l'acqua tonica calda.

Non ho mai visto un'iguana.

Io sì, molti anni fa, in Messico.

Mi ero chiesta, e sarei tornata a chiedermelo più volte quel giorno, quando e perché Vittoria fosse stata in Messico, e adesso mi ricordavo e mi domandavo perché avessi smesso di chiedermelo. Forse il Messico era cruciale e non lo avevo capito allora e non lo avrei capito più. Vittoria mi aveva avvicinato la bottiglietta.

No, grazie, non posso bere bevande gasate, il ginecologo lo sconsiglia.

E perché?, aveva domandato mettendosi a sedere e abbandonando il libro sul lettino. Il libro aveva assunto la forma di una piccola tenda da campeggio. Si era tolta gli occhiali e si era messa in bocca una stanghetta. Il libro era di piccole dimensioni e verde. Ero arrossita ed ero rimasta zitta, non sapevo perché il ginecologo mi avesse sconsigliato le bevande gasate, così mi ero messa a infilare le dita dei piedi sotto la sabbia. Avevo sentito Vittoria alzarsi, la sua ombra mi aveva raggiunta prima della sua mano, mi aveva afferrato il mento. Avrà giustamente timore di un eccesso di zuccheri, aveva detto, le bevande gasate contengono zuccheri, ma questa è acqua tonica, se ne hai voglia bevila. Mi teneva il viso e mi guardava negli occhi, le dita erano fresche, poi aveva lasciato il mento e mi aveva passato la bottiglia. Senza smettere di guardarla, col volto orfano delle sue dita, avevo infilato la cannuccia in bocca e cominciato a succhiare. Vittoria era tornata sul lettino e si era fissata su un punto dove non c'era niente, potevo vederlo anche io quel niente disordinato di piante spontanee sulla sabbia. Mi dava le spalle, taceva e di tanto in tanto si passava una mano sulla schiena, brevemente, le guardavo le dita senza anelli e pensavo alla pelle di mia madre, più chiara della sua, macchiata dal tempo, e alle mani di mia madre, rovinate dalla terra. Le osservavo le spalle tonde, la schiena leggermente curva, la pelle come di bronzo dorato, pensavo alle sue dita fresche sulla spiaggia rovente. La voce di Sonia che ripeteva Vittoria è mezza sexy. Poi, distratta, avevo succhiato ancora e la bottiglia aveva riverberato un suono ambiguo nella sua umidità, l'acqua tonica era finita. Vittoria si era voltata ridendo. Aveva raccolto il piccolo libro verde, e mi aveva detto Appena nasce e appena Pietro mi lascia la barca per davvero, lo portiamo a largo. Ero arrossita ma forse era il caldo che saliva dalle dita dei piedi insabbiate nel fuoco. Non è possibile, aveva continuato, che i bambini di questo paese conoscano solo il mare da terra, o di tanto in tanto dal pedalò. Poi aveva aggiunto Va bene. Il congedo, la fine delle conversazioni, che tutti in paese avevamo imparato a riconoscere.

La notte mi ero svegliata e avevo ripetuto Va bene. Più volte. Prima con rassegnazione, poi con rabbia. Luigi aveva continuato a dormire, e forse questo mi aveva innervosito. Senza troppa delicatezza ero andata a chiudermi in bagno per fumare. Fuori dalla finestra, la luna rischiarava l'orto del vicino nel quale un gatto rosso se ne stava acciambellato accanto a una zucca che nessuno aveva raccolto ma che non si decideva a marcire. Cosa sapevo di Vittoria? Che era sposata, che era stata un medico e aveva smesso di esercitare, che si era trasferita a Scauri da Roma e dai diversi luoghi dove aveva studiato ed esercitato la professione e che aveva vissuto gli ultimi venti e passa anni della vita con Mara. Che era stata negli Stati Uniti, in Messico e si era sposata a Londra. Mara non aveva portato bene. Non mi toglievo dalla testa la voce di Mara che diceva che avevano fatto l'amore sabato sera, la voce di Pontecorvo che soffiava Non ci ha portato bene, e la mia voce che ricordava Sono state amanti. Così, per togliere di mezzo almeno me stessa, avevo sussurrato, espirando insieme al fumo Sono state amanti, e a quel punto avevo capito. La comprensione era un peso in mezzo alle gambe, e in uno sforzo di equilibrio non avevo sentito arrivare Luigi.

Lea, non ti senti bene?

Che fai, mi segui?, lasciami perdere.

Stai nervosa?, che è successo?

Non dovevamo andare a Ponza, e poi oggi c'è stato il funerale di Vittoria.

Mi hanno detto.

Che?

Dei romani.

Era sposata.

Me lo hanno detto.

E che altro ti hanno detto?

Niente che tu non sappia già, però il corpo deve rimanere qua.

Padre Michele mi ha dato il testamento.

Che c'è scritto?

Non l'ho aperto, volevo darlo a Mara.

Ma se padre Michele lo ha dato a te.

Il marito mi ha chiesto di essere presente all'apertura del testamento.

Hai conosciuto il marito?

E com'è, questo non te l'hanno detto? La cosa più succulenta. Il marito di Vittoria è l'avvocato del romano che ha lanciato la bottiglia in testa al figlio del ferramenta.

Che stai dicendo?

Così è. Luigi, ma perché secondo te non hanno raccolto quella zucca?

Quale zucca? Ah, manco l'avevo vista, sembrava un altro gatto rosso.

Mi ero avvicinata per abbracciarlo, al calore del suo corpo si aggiungeva il tepore delle coperte dalle quali era uscito.

Sono state amanti, loro due facevano l'amore.

Spero lo facessero, Le'.

Ma tu ci pensavi mai?

Non lo so, forse all'inizio, quando sono arrivate, non si capiva, tutti ci chiedevamo, io poi non c'ero sempre, prima il militare, poi Frascati, e il partito, a me interessano gli amori miei mica quelli degli altri.

Ma se sei il più pettegolo di tutti.

Non ci pensavo, no, non mi ricordo che pensavo a Vittoria e Mara a letto insieme.

Non hai mai trovato strano che due donne di età così diverse vivessero insieme senza essere parenti?

Lea, siamo pieni di gente che convive senza essere parente o sposata.

Mi sento stupida.

Perché?

Mara mi ha detto che è stata gelosa di me, dice che piacevo a Vittoria.

E te ne sei mai accorta?

No, ma non ci ho nemmeno pensato.

Lea, ma perché stai così?

Perché Vittoria è morta, perché ha detto al prete di darmi il testamento, perché mi sembra che prima di Vittoria qua le donne non facessero niente, perché nella polaroid che uno di quel gruppo di mascalzoni scattava mentre altri si prendevano a testate e bottigliate si vede Vittoria che cammina.

In che senso?

Nella polaroid di sabato, Vittoria era viva e passeggiava, e domenica mattina ha fatto il bagno alla scogliera, ha preso il caffè con Carmela di Ernesto Bruno, e poi è morta.

Lea, siamo tutti vivi fino a un momento prima di crepare.

È impossibile sia morta per un incidente nella vasca di casa sua.

Ma l'autopsia non ha rilevato niente, a parte l'acqua nei polmoni, e poi che motivo aveva qualcuno per ucciderla?

E se si è ammazzata?

Le', e che motivo aveva per ammazzarsi? Era amatissima, era allegra, casa sua era un porto di mare, il paese non vuole mandare via le sue spoglie, una celebrità, mo' mi dici che sabato sera ha pure scopato.

E se le fossi piaciuta veramente?

Ma mo' che è questa ossessione? C'è qualcosa che non capisco, e comunque non possiamo più saperlo, Lea, amore mio, Vittoria è morta.

E se invece fosse piaciuta lei a me?

Ti piaceva Vittoria?

Non lo so.

E non puoi più saperlo, Lea, amore mio, Vittoria è morta.

Ma io devo saperlo Luigi, sono viva.

Luigi era tornato a dormire sbuffando e io mi ero messa a fissare la donna nello specchio. Non riuscivo a sovrapporre l'immagine di me stessa seduta e felice con le bambine in braccio nella foto che tenevo in cucina, a quella di me in acqua che fissa il fiore di filo nell'incavo dei seni di Vittoria. Se ero la stessa donna, in quella istantanea di carta che sbiadiva, e in quella memoria che si deformava, non riuscivo a deciderlo. Così ero tornata in salotto mentre il cielo da blu diventava indaco per prendere dalla borsa il testamento di Vittoria. Immaginavo che nei giorni successivi mi sarei giustificata dicendo che avevo fatto ciò che stavo per fare come in trance, come una sonnambula. Affastellavo termini, mi giustificavo prima di allungare le mani. Avrei detto, se qualcuno me lo avesse chiesto, che ero in uno stato di confusione e che quella confusione era dovuta a una profonda emozione. Scorgevo il nastro di una vita possibile e inattuata che mi si era srotolata a fianco, leggera, fraintesa come un fiore di lycra tra i seni. Mi tornavano in mente i fiori di stoffa che Vittoria portava appuntati su maglioni e camicie. Sotto il collo ma sopra il cuore. Rossi o bordeaux in un mare di tortora, blu, bianco sporco, sabbia, azzurri e avio, senape. In alto mare. Prendendo il testamento, ero certa che nella busta sigillata ci fosse una lettera per me. Volevo ci fosse. Desideravo quel messaggio dall'oltretomba come non mi pareva di aver desiderato nemmeno le mie figlie. Avevo guardato la busta. Non mi riconoscevo più e volevo qualcuno mi dicesse chi ero. Bacio lettera testamento.

Ero andata in cucina, avevo messo l'acqua sul fuoco e aspettato bollisse. Poi, come prescritto dal *Manuale delle giovani marmotte* che avevo da poco regalato a Silvia, avevo tenuto la busta sospesa sul vapore e atteso che il calore sciogliesse la colla e ammorbidisse la ceralacca. C'era voluto poco.

Subito mi ero resa conto di non aver mai visto la grafia di Vittoria. Era la sua? Il marito avrebbe chiesto una perizia? Avremmo dovuto confrontarla con i registri della farmacia?

Vittoria lasciava tutto ciò che la casa conteneva a Mara, desiderava che gli amici prendessero un oggetto, che la barca, nel caso Mara non volesse occuparsene, fosse a disposizione della Darsena fino a che Vittorio non fosse stato abbastanza grande da decidere se gli interessava o no. I soldi sul conto corrente presso la Banca di Roma sull'Appia andavano per metà a Mara e per metà ai ferrovieri del dopolavoro. Infine, mi ringraziava per aver accettato di dare lettura di queste righe e mi pregava di assicurarmi che una piccola testa di Canova, il gesso che avevo visto sempre in salotto senza mai chiedermene la provenienza e che, diceva il testamento, era una Sibilla, da cui forse il nome del cane, rimanesse per Rebecca, di ricordarlo a Mara. Il post scriptum era riservato a Pontecorvo, sottolineava che aveva già avuto ciò che gli spettava, una strana formula.

Fissavo le maioliche sopra i fornelli che erano sempre un po' unte e lucide. Non era una lettera per me, era un testamento. Istruzioni. Chi era Rebecca alla quale toccava la testa di Sibilla? Rebecca, senza cognome e senza altri recapiti. Rebecca che aveva ricevuto in eredità un gesso di Canova. Dovevo leggere le sue volontà e basta. Ero curiosa della reazione di Pontecorvo. Avevo guardato il foglio controluce, poi mi ero detta Va bene. Avevo richiuso la busta e l'avevo rimessa nella borsa. Sulla ceralacca vedevo le mie impronte digitali, ma forse era solo timore di dover spiegare a qualcuno ciò che avevo fatto. Di Vittoria volevo almeno un maglione.

La telefonata con l'avvocato Pontecorvo era stata sbrigativa. Mi aveva assicurato che sarebbe arrivato nel mio studio verso le tre, ed era stato quasi galante nel sottolineare che, nonostante i quarantotto gradini, era certo della puntualità. Non so perché, abbassando la cornetta, mi ero chiesta se quelle stanze, in un bel palazzotto primi Novecento, tra una pizzeria e una profumeria, sarebbero state adatte a ricevere un uomo come l'avvocato Pontecorvo, se non avrei dovuto chiedere a qualche collega di Formia o Gaeta, con studi più avviati e prestigiosi, di ospitarmi. Sono sempre stata più inquieta che insicura. Tornavano ad affacciarsi nelle mie giornate domande che avevo dimenticato di essermi fatta. Non capivo bene né chi ero io, né chi era stata Vittoria, e per quanto cercassi di non collegare le cose, sapevo che invece un legame c'era. Inoltre, odiavo il giovedì, un giorno insulso. Non mi piaceva neppure il nome. Mi sentivo in colpa anche perché avevo chiamato l'avvocato Pontecorvo prima di telefonare a Mara. Ero gelosa di Mara? Non accettavo che lei di Vittoria sapesse tutto e io niente.

Come nelle favole, che non sempre finiscono bene per tutti, il telefono era squillato. Cristina, la mia segretaria, sarebbe arrivata da lì a pochi minuti e io avevo risposto conscia di chi avrei trovato all'altro capo del telefono.

Speravo fossi già in ufficio.

Stavo per chiamarti, padre Michele mi ha dato il testamento di Vittoria.

Aveva fatto testamento? Sapeva di morire?

No, non credo, padre Michele dice che glielo aveva dato più di sei mesi fa, per scaramanzia.

Vittoria non era scaramantica.

Nemmeno io lo avrei detto, eppure così sostiene padre Michele.

Lea, non può essere, si possono dire molte cose di Vittoria, ma non scaramantica, fatalista sì, ma scaramantica no.

Non la conoscevo così bene, Mara, anzi, ieri al funerale mi sono accorta che di Vittoria non so proprio niente.

Di Vittoria abbiamo saputo ciò che Vittoria ha voluto sapessimo.

Anche tu?

Sì, Lea, anche io.

E il marito?

Mi ha sempre detto che è stato un grande amore.

E perché è finita?

Avrei dovuto chiederglielo quando potevo, non l'ho fatto.

E il vostro?

Un grande amore.

La voce di Mara si era fatta improvvisamente allegra, leggera.

Tutti grandi amori.

La porta della mia stanza era aperta, così avevo sentito la chiave nella toppa e visto entrare Cristina, mi aveva sorriso, come al solito era piena di buste. Faceva la spesa prima di venire in ufficio. L'odore di banane mi infastidiva.

Lea?

Mara, il testamento è qui, volevo aprirlo nel pomeriggio, dovrò avvisare l'avvocato Pontecorvo.

Ah, sì?

È il marito, anzi, il vedovo, non hanno mai divorziato.

Fai quello che devi, Lea, ma lui non c'entrava più niente con Vittoria e non credo che il suo nome comparirà in quei fogli.

Proprio per questo meglio sia presente.

Forse hai ragione.

Che volevi dirmi?

Vieniti a scegliere qualche vestito, era più minuta di te, ma qualcosa troviamo.

Grazie.

Ti ho detto, le piacevi molto.

Dalla cornetta uscivano suoni da giungla domestica, cani che abbaiavano, gatti che miagolavano, uccelli che cantavano e a un certo punto una voce aveva chiamato Mara, per due volte, la prima nitida, la seconda ovattata, un palmo poggiato sul ricevitore.

Chi è?, avevo chiesto piccata quasi avessi sorpreso un ladro in casa.

Filomena, aveva risposto Mara. Le ho chiesto di dormire qua, non riuscivo a stare sola.

E dove?

Che domanda è?

Scusami, non lo so che domanda è, passo nel pomeriggio, e saluta Filomena.

Lea?

Sì?

Che domanda è?

Ma niente, Mara mia, la vecchia insidiosa abitudine di fare domande che poi ti fa fare pure quelle che non hanno senso, scusami.

Cristina mi aveva portato il caffè e il cornetto del bar Vezza, il cornetto di pasta brioche, quello che preferivo. Di Filomena Paradiso, delle onoranze funebri omonime, sapevo poco, forse si era sposata, forse aveva figli, di certo si occupava dell'attività intrapresa dal nonno e consolidata dal padre. Se avesse avuto figli, lo avrei saputo perché avrebbero avuto più o meno l'età delle mie. O invece erano più piccoli o più grandi abbastanza perché mi fossero invisibili. Di solito quando in paese non si sa niente, non è successo niente.

Certo si era occupata lei delle tombe di Vittoria e Mara, ma quando? Era stata lei a proporlo a Vittoria o Vittoria si era portata avanti? Mia nonna, la mamma di mio padre, mi aveva mandato a Minturno a comprare due loculi, uno per lei, uno per nonno, quando avevo dieci anni. Nonna a quel punto ne aveva sessantuno. Era più giovane di Vittoria e già aveva pensato al tauto. Lo spazio al cimitero era demanio, ma i cassamortari avevano vie di accesso privilegiate, era probabile che Vittoria stessa avesse chiesto a Filomena. Un dialogo tra Filomena e Vittoria non me lo immaginavo.

Avevo sorriso pensando a cosa avrebbe detto Luigi delle vie privilegiate alle tombe o ai loculi. Benvenuti, siamo Paradiso, vuole una terza o una settima fila, si vede tutto il golfo. O forse preferisce un sonno in questa morbida terra ingrassata da secoli e secoli di cadaveri e carcasse pallonate, pare che il cimitero fosse qui già in epoca preromana, quando queste zone erano percorse dai Volsci, o dai Cimbri.

Non che ricordassi quali fossero i popoli che si erano spinti fin sulle nostre coste, ma studiare con le bambine mi rinfrescava la memoria, o forse quando andavo a scuola io certe cose non le studiavamo proprio.

L'idea di Filomena e Mara nello stesso letto mi straniva. Mara tondeggiante, Filomena secca tanto da sembrare la signora con la falce grazie alla quale campava. Mara sempre mezza nuda, Filomena sempre troppo vestita. Anche d'estate. Quando nemmeno la salsedine riusciva a coprire l'odore stantio che le stava intorno come un cane zoppo ma fedele.

Si era lavata per infilarsi nel letto di Mara? E Vittoria sapeva di questa amicizia? O era solo una tresca, una cosa di corna? Pure dall'altra parte si mettono le corna. La Sibilla di gesso. La testa di Canova ha le corna. Il cane di nome Sibilla ha le orecchie.

La mia testa invece correva e si perdeva come i bambini che esplorando i dintorni chiamano montagne i cumuli di pozzolana e abissi i fossati di irrigazione. Tutto quello che vedono diventa enorme quando lo raccontano, vivono avventure, e per tutte le cose che non conoscono si inventano un nome. Ritrovavo in me capacità di speculazione che pensavo sopite, la possibilità di autosuggestione che nell'infanzia è una risorsa e nell'età adulta un brutto vizio. Me lo avevano fatto notare, in maniera più o meno provocatoria, tutti i miei professori all'università. Avvocato, mi dicevano, lei si immagina troppe cose. All'Università di Napoli ti chiamavano, e forse ancora ti chiamano, avvocato appena varchi la soglia di via Mezzocannone. Allungando la seconda a fino quasi a perdere senso e suono, ma regalandoti l'idea che qualcuno ti veda già lungo il corridoio lucido di un tribunale, vincitrice, dopo una causa.

Era stata forse quella sensazione di passato e di vittoria a ricondurmi al testamento, e a quel nome desueto e pieno di eco, Rebecca, tra le righe. Incapace di rimanere seduta, intimorita dai faldoni e dalle pratiche accumulate sulla scrivania, ero uscita. Era una bella giornata di sole. Io ero come mia figlia Giulia che dopo aver passato minuti e minuti davanti al banco dei gelati e aver scelto con cura tre palline, fragola cioccolato e limone, si sedeva compita sulla panchina, i piedi che non toccavano terra, e girava, girava con la spatolina nella coppetta, mischiava tutti i gusti prima di mangiarli.

Il negozio di ferramenta del padre di Riccardo stava nella piazza del mercato vecchio. Camminando di buon passo avevo imboccato la strada che, dopo la filiale del Banco di Roma sull'Appia, scendeva a mare. La piazzetta mi era sempre piaciuta, i pini marittimi che la ombreggiavano e con le radici prepotenti rompevano la monotonia dell'asfalto. La strada che scendeva dall'Appia si allargava nella piazza e proseguiva per il lungomare. Ci avevo portato Silvia per spiegarle la differenza tra emissario e immissario quando, studiando i fiumi, erano comparsi gli affluenti.

La strada era stretta e correva tra il convento delle suore polacche e il palazzetto dello sport. Dalle suore polacche aveva soggiornato papa Wojtyla, che non avevo amato perché vestiva i panni del progressista che non era. Il giardino delle suore arrivava fino al lungomare, sul cancello c'era scritto in ferro battuto STELLA MARIS. Il cancello lo aveva saldato e battuto uno zio di Luigi che mi prometteva, ogni volta che passavo a salutarlo in officina, di farmi quattro sedie e un tavolo per il giardino. Il mare era grigio, i lidi in letargo, gli oleandri opachi ondeggiavano, parevano ballerini in catene, un cane latrava dalla spiaggia. Lo zio di Luigi non mi aveva mai fatto né le sedie né il tavolo.

Il padre di Riccardo che aveva qualche anno più di Luigi e aveva frequentato pure lui l'istituto tecnico a Bagnoli ma non l'aveva finito, stava servendo una signora che mi pareva fosse la moglie o la sorella di quello dei surgelati. Mi ero concentrata sui cacciaviti.

Luigi aveva due cassette degli attrezzi di cui era geloso e nelle quali non voleva mettessi le mani. Erano probabilmente gli unici luoghi in cui si preoccupava di mantenere un ordine perfetto. Per il resto era un uomo distratto. Non riavvicinava mai le sedie al tavolo, non chiudeva i cassetti. Riempiva una brocca d'acqua, ne versava metà sul pavimento e camminava sul bagnato lasciando impronte per tutta la casa. Ridevamo della sua distrazione. Quando ero andata all'ordine per comunicare che aspettavo Giulia, i colleghi mi avevano fatto gli auguri e io, non so perché, avevo detto Mio marito è distratto. Eravamo scoppiati a ridere.

Di tanto in tanto Luigi, con una bambina per coscia, diceva Menomale che papà è distratto, e tutti e quattro ridevamo e io ero felice. Sono stata felice di aver avuto le bambine. Sono stata felice di aver sposato un uomo che, tra mille difetti, ha il grande pregio di non aver mai detto una parola su come trovava la casa, sul fatto che il piatto fosse o no a tavola, sul tempo che passavo fuori per lavoro, non gli è mai interessato. Non gli importava che io facessi la moglie, credo però gli piacesse essere un marito. Continuo a chiudere i cassetti, riavvicinare le sedie al tavolo, asciugare le impronte, quasi sempre con una certa leggerezza. E speriamo continui così.

Avvocato Russo, ti serve qualcosa?

Sono venuta per Riccardo.

Hai parlato con l'avvocatone di Roma?

Sì, ieri pomeriggio.

E che ha detto?

Che offre quindici milioni per chiudere tutto, e non se ne parli più.

Quindici milioni?

Sì, quindici milioni.

Non so quanto prendete di stipendio tu e Luigi, avvocato, quindici milioni ci metto quasi un anno ad accocchiarli. Certo, l'estate va meglio, ma io non guadagno più di trecento o quattrocentomila lire al mese.

Angelo, lo so che è una cifra, ma so pure che così passiamo sopra a un gesto che poteva avere conseguenze peggiori.

Sì, ma alla fine non è successo niente, e poi avevi detto tu quella cosa della fedina penale dei minori.

Riccardo ha il naso rotto, ma poteva avere la testa rotta.

Ma nun c'ha la capa apiert' comm' a 'nu mellone, Le', lo dico ad Anna, ma secondo me accettiamo, metti che Riccardo comincia a studiare e vuole fare l'università a Roma, o aprirsi una attività, che ne possiamo sapere? Chi li ha visti mai quindici milioni tutti insieme? Quando Anna e io ci siamo sposati, tra tutti i parenti abbiamo raccolto seicentomila lire.

Ho capito, era il '76 e non erano pochi soldi.

Manco tanti, Le'.

Avrei voluto rubare un cacciavite per Luigi invece mi ero congedata ed ero tornata sull'Appia. Quanto i soldi cambiavano le intenzioni di ammonire i forestieri sui comportamenti prepotenti. Quanto c'entravano i soldi nella relazione tra Vittoria e Mara, o tra Vittoria e il marito? Mi ripetevo a memoria gli abiti costosi delle persone scese dalle macchine costose. Figurini su riviste di moda, immaginavo i loro corpi, sotto ai vestiti, infilati in capi di biancheria che da Ernesto Bruno non potevo o non volevo permettermi. Pensavo alle mie mutande di cotone, alle mutande di Luigi, a quelle delle bambine e alle loro canottiere cannettate.

Che mutande portava Vittoria e come se le sfilava? Prima una gamba e poi l'altra? Le abbassava con un gesto solo, come Luigi, e con un passo si trovava nuda, oltre quel doppio anello di stoffa? Improvvisamente pensavo troppo alle mutande degli altri, così per distrarmi ero entrata in edicola e avevo chiesto *l'Unità*. Ai comunisti come Luigi non piaceva parlare di mutande ad alta voce. Io, che pure votavo comunista, aprivo volentieri *Postalmarket*.

Mentre pagavo, ero stata distratta dai rumori nella stanza in fondo all'edicola, dove c'erano tre cabine e gli elenchi telefonici di molte città e province d'Italia. Ne erano usciti correndo due bambini che, come spesso accadeva, entravano di soppiatto nella stanzetta e sganciavano i ricevitori. I bambini smontano il mondo, i bambini sono dispettosi come le scimmie. Ripetevo questa cosa delle scimmie alle mie figlie nonostante l'unica scimmia che avessi visto, allo zoo di Roma, non era dispettosa affatto, anzi, come una matrona posata e scostante se ne stava a sbucciare banane e a mangiarle in un solo boccone. Alba l'aveva soprannominata la principessa di Guermantes delle scimmie.

Ci piaceva leggere Proust e in generale libri che non erano mai entrati nelle nostre case. Motivo per cui a me piacevano quasi tutti i libri. Alba di libri in casa ne aveva di più, ma non molti, perché i genitori avevano fatto i soldi col commercio del pesce.

La principessa di Guermantes delle scimmie assisteva indolente a bambini e adulti che lanciavano arachidi. Dirigendomi verso gli elenchi telefonici, avevo rimandato indietro il sospetto che anche quel ricordo avesse natura sessuale. Ai matrimoni degli amici c'era sempre qualcuno che offriva allo sposo un piatto con mezza pesca guarnita di un ciuffo di prezzemolo, e alla sposa un piatto con una banana e due albicocche o ricci di castagna, secondo la stagione. Preferivo comunque le pesche.

Avevo afferrato il doppio tomo di Roma e provincia, mi ero seduta, avevo tirato fuori il taccuino e la stilografica, regalo dei miei per la laurea, e cominciato a cercare il nome Rebecca. Ero certa che Rebecca non fosse sposata e avesse un telefono. La stilografica era nera e lucida come il pendolino col quale i miei cercavano i mali e i difetti.

Sono stato avvertito da una comune amica, aveva detto l'avvocato Pontecorvo. Mara doveva aver chiamato la comune amica.

Dovevano aver usato tutti il telefono. Solo che dopo venti minuti non avevo scorso che dieci pagine, e nonostante fossi veloce con liste, tabelle di numeri, nomi e targhe automobilistiche, avevo capito che era una strada, per quanto sicura, troppo lunga. O la penna stilografica funzionava peggio del pendolino o io non ero buona.

In studio, sulla scrivania, avevo trovato una nota con il messaggio di Anna, la madre di Riccardo, diceva che erano pronti ad accettare la proposta dell'avvocato Pontecorvo. Mi ero chiesta perché lui volesse pagare tanto, e perché loro, più o meno consci del carattere del figlio, volessero accettare. Avevo tirato fuori dal cassetto la polaroid sulla quale Vittoria camminava e l'avevo osservata ancora una volta. Non mi diceva niente di nuovo. Ma era più a fuoco dei ragazzi in primo piano.

Mi era capitato spesso che Vittoria, incontrandomi per strada, mi prendesse sottobraccio. Camminavamo sull'Appia, fermandoci di tanto in tanto a osservare le vetrine, o che qualcuno ci salutasse e di scambiare due parole.

Qualche volta avevamo allungato la strada verso casa scendendo sul lungomare per la via che portava alla villa e risalendo per quella che costeggiava la scuola elementare, ci separavamo al semaforo di via Olivella, io entravo e lei tornava indietro, fino a via Romanelli. Talvolta si fermava a bere un kir al bar Haiti. Certe altre lo bevevamo insieme.

Di cosa parlavamo? Le piacevano i fiori, le foglie, le erbe, le conchiglie, le barche. Le barche moltissimo, le navi anche. Le piacevano la Darsena e Lo Scoglio, le piacevano le palme e gli oleandri. Le piaceva il pesce arrosto, i vagoni dei treni, specialmente le carrozze ristorante, i ricci di mare, il mare, le passeggiate in città sconosciute, i cani, i gatti, i bambini spiritosi, il sole tra le foglie, i bar, i giochi di carte, e anche la Coca-Cola. Le piacevano le cannucce.

Discutevamo spesso di storia, la storia le interessava, e anche a me. Mi chiedevo quante delle cose che Vittoria amava fossero a Scauri, e oltre al mare, al pesce arrosto, alle cannucce colorate e ai ricci quando era stagione, mi dicevo nessuna.

Avevo frequentato l'asilo e la primina dalle suore e imparato, come molte, a camminare sottobraccio, non so se lo avessi imparato, ma ne avevo l'abitudine. Poi questa abitudine era scomparsa, e con nessuna delle mie amiche lo facevo. Con Vittoria sì, forse una differenza di generazione. Mia madre, in effetti, mi prendeva sottobraccio. Una volta, avevo incontrato Vittoria davanti alla scuola elementare, stava ferma, il sole le faceva brillare i capelli bianchi che cominciavano a comparirle sulla testa, a osservare un gruppo di bambinetti che si preparava a uscire da scuola, forse per una gita. Vittoria, senza sorridere, ma con quei suoi occhi sabbiosi e mobili, osservava le mani dei bambini aggrappate a un'unica sciarpa. La maestra, probabilmente, aveva detto loro di non allontanarsi e inventato l'espediente della striscia di stoffa. Così i bambini sembravano i mille piedi di un millepiedi. L'avevo chiamata, voltandosi mi aveva fatto un cenno con la mano.

Sai, aveva detto, non vedevo una cosa del genere dalle mie scuole materne. Le suore ci facevano camminare così.

Non aveva aggiunto altro e io non avevo chiesto quali suore, quali scuole, dove accadeva, chi erano le compagne di classe, e non perché non fossi curiosa ma perché subito Vittoria mi aveva anticipato. Andiamo, mi aveva detto, ti accompagno in ufficio. Mi chiedeva di Luigi, delle bambine, dei miei genitori, e io parlavo parlavo parlavo, talvolta addirittura male e lamentandomi, e le risposte andavano dal sorriso al riso, a qualche esclamazione di divertimento o dispiacere.

Vittoria mi prendeva sottobraccio, mi stringeva il polso, mi passava una mano intorno alla vita e mi tirava a sé come per scuotermi, o cullarmi. Mi toccava, mi sfiorava, pur senza parlarmi, le sue mani commentavano. Uno deve pure dire qualcosa durante la vita coniugale, no?, Sì, rispondevo, Sì, certo.

Non ho mai saputo niente di lei, ma solo ciò che faceva a Scauri. E, in fondo, non lo sapevo nemmeno da lei. Capisco adesso che Vittoria era entrata a far parte della mitologia del paese e pure che quella mitologia, che pareva spontanea, era forse indotta da Vittoria stessa. Dalla sua sobrietà, dalla sua reticenza a commentare fatti con le parole. Vittoria parlava poco, la sua timidezza era però entusiasta. E in questo suo parlare poco era diversa da noi. Veniva da un'altra parte. Ancora di più di Linona, la farmacista. Da case con i libri, da abitudini ai ricevimenti e alle chiacchiere, ai viaggi, da una storia che non ci riguardava, piena dei passati remoti di chi la storia la scrive. Adoro i vagoni letto e le carrozze ristorante.

Eravamo povera gente, per usare un'espressione della madre di Luigi, e Vittoria no. Mi chiedevo cosa pensasse di noi. Forse, visto che Mara era della nostra specie, le piacevamo. Ci aveva scelto. Aveva voluto sedurci tutti. Ma perché?

Chissà se al posto di Vittoria avrei fatto lo stesso, e se la sua era stata una scelta. O era capitato. O si doveva nascondere. La morte di Vittoria ci aveva svelato ciò che per Vittoria era chiaro, e cioè che di lei non sapevamo niente.

All'arrivo dell'avvocato Pontecorvo, stavo ancora pensando all'elenco telefonico. A cosa avrei detto se avessi telefonato a tutte le Rebecca di Roma. A quante erano le Rebecca di Roma. Luigi faceva sempre alle bambine il gioco degli accordatori di pianoforte dello Stato di New York. Quanti sono gli accordatori dello Stato di New York. Silvia e Giulia ridevano e io pensavo.

Dovevo avere un'aria sconsolata perché il vecchio signore, chiedendo permesso e mettendosi a sedere, mi aveva detto Avvocato Russo, non ha una bella cera. Lo avevo guardato ravviarsi i capelli, appiattirseli sulla nuca.

In silenzio, avevamo aspettato che Mara arrivasse, ipnotizzati dal ticchettio dell'orologio.

Non la vedevo da quasi dieci anni, e non l'ho vista morta, come era diventata?

Ho conosciuto Vittoria una ventina di anni fa, non so come fosse prima, da un po' portava i capelli bianchi, per il resto, era come quando l'ho incontrata.

Avrei voluto vederla, è una donna che ho amato.

Non credo di poterle chiedere cosa è successo.

In fondo, avvocato Russo, non so dirglielo, credo semplicemente si sia stancata. Vittoria non sopportava la noia sua e quella degli altri.

Ci si lascia per noia, avvocato Pontecorvo?

Sì, quelli come Vittoria possono lasciare tutto ciò che hanno per molto meno della noia, o possono restare, nonostante si annoino, o si sentano costretti, ma credo abbia scelto di andarsene perché ci siamo amati molto.

C'è qualcosa in questa vicenda che non capisco.

E perché vorrebbe capire, avvocato Russo, è ancora troppo giovane per accettare che certe cose sono impossibili da capire?

È che so, avvocato Pontecorvo, di essere passata accanto a Vittoria negli ultimi venti anni e non aver visto quasi niente di lei, sento di aver perso un'occasione. Mi perdoni, prima che mi dimentichi, in fondo ci siamo incontrati per questo, i miei clienti accettano i soldi che lei propone per chiudere la faccenda della rissa.

Spero che il volto del ragazzo non sia troppo tumefatto.

Spero che suo nipote impari qualcosa da questa vicenda.

Perché dovrebbe?

Non lo so, lo spero.

Che strana la speranza in bocca a un avvocato, no?, dovremo aspettare molto la signora che viveva con mia moglie?

Mi dispiace non abbia visto Vittoria nemmeno da morta.

Sono quasi morto anche io, avvocato Russo, se mi concentro riesco a immaginarla.

E come vi siete incontrati dieci anni fa?

Per caso, mi sembrava strano vederla per strada e non chiamarla.

E l'ha chiamata?

Sì.

E Vittoria?

Mi ha sorriso e mi ha fatto ciao ciao con la mano, poi si è allontanata senza più voltarsi, faceva sempre ciao ciao con la mano?

Sì, ogni tanto mi mandava un bacio a vuoto, si poggiava la mano sulle labbra e schioccava un bacio.

Doveva esserle simpatica, avvocato Russo, e visto che è così le racconto come è andata la storia del taxi e non come avrei voluto andasse, che è ciò che le ho raccontato un momento fa. Avrei voluto che fosse un'altra volta responsabilità di Vittoria.

Che significa un'altra volta?

Lasci stare, stavo aspettando un taxi, l'ho vista e l'ho chiamata, Vittoria mi ha fatto ciao ciao con la mano, stava per attraversare, ero a corso Vittorio all'altezza di via dei Baullari, e lei veniva da piazza Navona, ma il taxi è arrivato e io sono salito, e l'ho vista continuare a guardare la vettura, ma non sono riuscito ad abbassare i finestrini oscurati, le avrei detto Sali, ti do un passaggio, ma il finestrino rimaneva chiuso, il tempo passava, mi sentivo in imbarazzo per entrambi. Non ho detto niente nemmeno al taxista. Un attimo. Fermati. Niente. E il taxi è partito.

Ero quasi certa che l'avvocato avrebbe pianto, invece quando lo scalpiccio dei passi oltre la porta aveva scacciato i rintocchi dell'orologio che avevano scandito le nostre reticenze, Pontecorvo si era voltato rapido come un serpente, e di una serpe aveva gli occhi. Si era alzato in piedi.

Avvocato, può rimanere seduto, non è il suo ufficio, è il mio.

Dottoressa, sono ancora un gentiluomo, mi alzo per una signora, nonostante sia una signora che, come le ho detto, ci ha portato male.

Si calmi, avvocato Pontecorvo.

Lei moderi i toni, avvocato Russo.

Non sono io che esagero.

Non sa che cosa è successo.

Me lo dica.

Se Vittoria non ne ha parlato, non lo farò io, e spero non lo faccia nessun altro.

Mara era accompagnata da Filomena. Indossava un abito adolescenziale, rappezzato con grazia, troppo estivo nonostante l'ottobre mite, non glielo avevo mai visto, l'avvocato Pontecorvo doveva essere percorso lui pure da pensieri sull'abito perché ci si era soffermato fino a quando Mara si era messa a sedere. Filomena, in piedi dietro di lei, teneva le mani sulla spalliera della sedia. La brutta copia di una fotografia di famiglia inizi Novecento. Di quelle in bianco e nero, con gli uomini in piedi, le donne sedute e il fondo di stoffa drappeggiato. Mancava solo il fantasma.

Pensavo cose che mi disgustavano.

Disprezzavo Filomena, forse la temevo. Si era insinuata nella relazione tra Vittoria e Mara. L'avidità muove il mondo. Vittoria era morta nella vasca senza un motivo. Dov'era Filomena Paradiso, delle omonime onoranze funebri, domenica mattina? Aveva guadagnato dalla morte di Vittoria più dei soldi del funerale? Ci vuole coraggio per ammazzare qualcuno o basta l'invidia? Filomena invidiava Vittoria e Mara, voleva essere loro? *Omnia munda mundis*, diceva fra' Cristoforo e mi ripeteva mia madre che, pur non sapendo il latino, agiva secondo il precetto che tutto è puro per i puri. Dove avrei trovato il cognome di Rebecca? Che significato aveva la testa di Sibilla, se ce l'aveva? Vittoria era superstiziosa? E che significato portava la storia del taxi, Pontecorvo e Vittoria?

La voce dell'avvocato Pontecorvo aveva interrotto le mie domande ma non i miei sospetti.

Avvocato Russo, possiamo dare lettura di questo testamento o dobbiamo ancora aspettare?

Mara non parlava, non rispondeva, si lisciava la balza della gonna, teneva i capelli sciolti, riconoscevo i boccoli che prima erano state trecce.

Lascio tutto ciò che la casa contiene a Mara Amadasi, desidero che gli amici prendano qualcosa, se vogliono. Lascio la barca a Mara Amadasi con la preghiera di aspettare che Vittorio De Filippis, raggiunta una età congrua, decida se tenerla o no e confido che Mara Amadasi, in caso di vendita della stessa, voglia dare un diritto di opzione alla Darsena. Lascio i soldi sul mio conto corrente presso la Banca di Roma in via Appia 128 per metà a Mara Amadasi e per metà ai ferrovieri del dopolavoro.

Infine, ringrazio la dottoressa Lea Russo per aver accettato di dare lettura di queste righe e la prego di ricordare a Mara Amadasi che il gesso di Canova appartiene a Rebecca.

Sono certa che Giorgio Pontecorvo d'Aquino, che pure avrebbe diritto alla metà di ciò che possiedo, non abbia niente a pretendere, conscio di aver già avuto ciò che gli spetta.

Non c'è altro, nemmeno il cognome di Rebecca, avevo detto sollevando gli occhi e ritrovandomi davanti due persone che trattenevano il fiato come in una gara di apnea. Non c'è altro, avevo ripetuto risistemando il foglio nella busta. Non so Filomena che espressione avesse.

Posso avere per il mio personale ricordo quella busta? Anche perché immagino non possa venire a prendere nemmeno un fiammifero.

Giorgio – Mara aveva parlato e la sua voce sembrava venire da un altro punto della stanza, anzi, da fuori, dalla strada, un luogo oltre la finestra –, se Vittoria avesse voluto che tu avessi qualcosa, lo avrebbe lasciato scritto, invece si è preoccupata di segnalare che hai già avuto. Ciò detto, se vuoi venire a casa mia per prendere un fiammifero, puoi farlo.

Mara si era alzata ed era uscita, seguita da Filomena. Non aveva detto arrivederci e non aveva fatto rumore. Aveva raggiunto la sua voce fuori.

Meglio che vada, dottoressa Russo, la ringrazio per tutto.

Prenda il foglio se le interessa, io non me ne faccio niente e neanche Mara, mi basta una fotocopia per ogni evenienza.

La ringrazio per questa gentilezza, e comunque se avesse bisogno dell'originale, anche se non vedo perché, potrà sempre riaverlo indietro.

Chi è Rebecca?

Una donna che, me ne accorgo adesso, ha una qualche somiglianza con lei. Tipico di Vittoria, qualcosa che consola di qualcos'altro. Vivere di surrogati, che grande abilità riconoscerselo. A ogni modo, le scriverà il mio ufficio per sistemare la faccenda dei ragazzi.

Avvocato Pontecorvo, vorrei che si incontrassero e si parlassero.

Non ho niente in contrario, ma preferisco chiudere prima le carte, per le chiacchiere c'è tempo.

Non si tratta di chiacchiere.

Voi donne siete tutte uguali.

Non raccolgo la provocazione.

Non lo è, è la verità, siete tutte uguali.

Così, lei dice che io e Rebecca ci somigliamo?

Per quanto incredibile, lei e Rebecca Lanza vi somigliate.

E chi è Rebecca Lanza?

Avvocato, se Vittoria avesse voluto che lei o altri, in questo buco dove si era ritirata insieme alla sua bambola rotta col vestito strappato, conosceste Rebecca, l'avreste incontrata, invece non è successo, e dunque, non la introdurrò io. Arrivederla, non è stato sgradevole parlare con lei, ha i miei numeri di telefono.

Anche lei ha i miei.

Si era toccato la tesa del cappello ed era uscito.

Tutto il mondo che mi interessava era ormai fuori dalla finestra.

Mi ascolti, Lea. Vittoria è andata via un mese dopo aver compiuto quarantatré anni. Le avevo organizzato una festa bellissima. Piena di persone. Fino a quel momento mi era parso le piacessero le persone. Invece, già dalla mattina dopo, forse dalla notte addirittura, non era tornata a dormire in camera, qualcosa era cambiato. Le era comparsa sul viso una piega di disgusto. Quasi fosse rimasta ubriaca e l'ubriachezza e l'eccesso l'avessero infastidita. Io stesso la infastidivo. Di punto in bianco. Avevo organizzato tutto io, ma non era una festa a sorpresa. Mi aveva detto che era da quando aveva venticinque anni che non vedeva l'ora di averne quaranta. Aveva sempre odiato le mestruazioni. Vittoria era così, o almeno lo era stata fino a quel giorno. Diamo una festa per i miei quarantatré anni. Non quaranta, non cinquanta. Quarantatré. Era una donna originale. Le piacevano i corpi, tutti. Festeggiavamo ogni anno. La amavo e mi ricordavo cosa desiderava o diceva di desiderare. Non so quale rapporto abbia lei con suo marito, ma io e Vittoria eravamo complici. Ci piacevano le stesse cose. Le stesse persone. Non parlo in senso lato. Le stesse cose. Le stesse persone. Eravamo complici. Festeggio perché mi sto lasciando alle spalle le mestruazioni, insomma, quasi, sono più vicina alla fine che all'inizio, mi sto lasciando alle spalle l'obbligo a sedurre o a essere sedotta, pensami libera. Credo che il principale esercizio di Vittoria sia stata la seduzione. Un esercizio talmente ripetuto da essere diventato naturale. Vi sarete resi conto, pur essendo cresciuti in questo posto di paccottiglia e sacchi di spazzatura per la strada e zaffate di carogna, di affitti stagionali per gente come voi ma che è nata e abita in posti senza mare, che Vittoria era irresistibile? O ne siete stati immuni? Lei no, avvocato Russo, riconosco la febbre. E riconosco altro, nei tratti del suo viso. Tuttavia, qualcosa in quella festa che somigliava a tante altre feste, a tante altre sere, deve essere successo, o deve essere successo qualcuno, e io, avvocato Russo, non sono mai riuscito a farmi dire niente. Ho pregato e ho minacciato, ho fatto pedinare e ho cercato di comprare, ma non sono mai riuscito ad avere l'interpretazione autentica di Vittoria, niente. Non sono stupido, ma non ho capito. È possibile che la signora Amadasi, che era a quella festa, sappia cosa è successo, e se così fosse, so pure che la signora Amadasi non mi dirà mai nulla, perché l'unica cosa che sono riuscito a farmi dire da Vittoria è che io non sapevo fermarmi e dunque ero maledetto. Non distingui i giochi, le benedizioni dalle maledizioni. Bella frase, vero? Vittoria parlava bene. Maledetto improvvisamente, voglio ripeterlo, per cose che erano successe decine di altre volte e davanti alle quali la mia signora moglie aveva alzato le spalle, accendendosi una sigaretta. Cambiare le regole dei giochi mentre si gioca. Non la infastidisce? Non è possibile. Non è giusto. Non mi fido. Tu sei maledetto ma io posso ancora salvarmi e lo farò. Così mi ha detto. Non credo le interessasse la salvezza, o forse sì, non le ho creduto ovviamente, è stata un'altra cosa. O forse per Vittoria la salvezza era una persona. Lei poteva ancora salvarsi e lo avrebbe fatto, questo ripeteva. Salvati, che ti devo dire. O salva qualcuno. Da cosa poi, visto che era tutto pagato? Dunque, la chiave di questa maledizione deve essere ancora dentro la signora Amadasi. Sono entrate molte cose dentro la signora Amadasi, d'altronde. Se qualcuno si è salvato in questa storia non siamo né io né Vittoria. Sono tornato a dirle questo, avvocato Russo, per cercare di dissuaderla. Non cerchi niente, non faccia domande, non smuova polveri che si sono indurite tanto da aver acquisito la consistenza dei muri. Non si rammarichi neanche troppo, se sono sopravvissuto io a questa impossibilità di capire, se ho accettato di essere escluso dalla vita della donna con la quale fino a quel momento avevo diviso i desideri, allora è possibile per tutti accettare tutto, e accettare soprattutto di poter amare solo mediocremente, ed evitare di incapricciarsi, perché di questo si tratta per lei, avvocato Russo, incapricciarsi di persone come Vittoria il cui primo istinto è non dire niente. Le parlo come un padre anche se non ho figli. Le parlo soprattutto come un uomo e, in qualche modo, le do anche un parere legale che non mi ha richiesto. Non smuova vite che non hanno niente a che fare con la sua e delle quali non sarebbe all'altezza, perché pur avendone forse il talento non ne ha il carattere, né l'abitudine.

A casa Luigi cucinava il riso in brodo che piaceva alle bambine per via della cottura in forno. Una specie di riso pilaf diventato una tradizione casalinga. Il riso di Anastasia Romanov, avevo loro regalato un libro sugli zar. Sentivo Silvia e Giulia giocare con le bambole nell'altra stanza. Mi arrivavano le loro voci intente a tessere una storia nella foresta pluviale. Non erano corse a salutarmi come facevano di solito, e io non ero andata in camera.

Avevo colto l'occasione di quiete.

Luigi mi aveva versato mezzo bicchiere di vino rosso, aggiungendo che non era quello di mio padre, Bevi che non ti avvelena. Fuori dalla finestra il nespolo, nonostante l'inverno, era rigoglioso. Verde scuro. Le sue foglie callose mi turbavano, parevano tartarughe o corpi intrecciati. Le foglie di nespolo erano nude. Il vestito indossato da Mara nel pomeriggio le lasciava scoperte le cosce. Luigi aveva infilato la pirofila in forno e si era seduto con me. La bambola rotta col vestito strappato.

Ha telefonato Anna, la mamma di Riccardo, dice che non sei passata e che nel pomeriggio ti ha cercato in ufficio, ma Cristina le ha detto che eri impegnata.

Vorrà ribadire che accettano i soldi dell'avvocato Pontecorvo per chiudere la faccenda della rissa.

Le ho detto che l'avresti richiamata.

Lo farò, Luigi, ho già chiuso la questione della bottiglia, ho letto a Mara e all'avvocato Pontecorvo il testamento di Vittoria.

E che c'era scritto?

Niente che non ci si potesse aspettare, tutto a Mara, gli amici possono prendersi qualcosa che gli piace, tranne un gesso di Canova che è per una certa Rebecca Lanza.

Una collezionista, una principessa?

Chi lo sa.

Pensa le bambine davanti alla principessa Lanza, altro che Anastasia.

Non credo che la principessa verrà mai a Scauri.

Vittoria aveva in casa un gesso di Canova?

Così pare.

Ma chi è questa Rebecca?

Non ne ho idea.

E Mara e Pontecorvo non hanno detto niente?

A Mara non ho chiesto, anche perché è venuta con Filomena.

Filomena Paradiso che ti manda in Paradiso?

Sì.

E come mai?

Filomena ha dormito da lei perché Mara non voleva stare a casa da sola.

E quindi?

Niente, non avevo capito che Mara e Filomena erano tanto amiche.

Stai dicendo amiche amiche?

No, Luigi, non sto dicendo niente, solo mi faceva strano vederle insieme, poi dove ha dormito Filomena?, nel letto con Mara, dal lato dove fino a poche ore prima c'era il corpo di Vittoria?

Ah, aspetta.

Che?

Ho incontrato Tommaso tornando dalla stazione, dice che c'è troppo traffico e quindi va all'ospedale di Formia in treno.

E quindi?

Dice di essere passato da Vittoria e Mara prima che chiudessero la bara e che ha notato un'ombra gialla sul volto di Vittoria, sotto il cerone, di averle sollevato una palpebra e aver trovato le sclere gialle, e non si spiegava la bilirubina in eccesso, durante l'autopsia non se n'era accorto, il cuore stava bene.

Ma che esame ha fatto Tommaso?

Affogata, acqua nei polmoni.

Ipotesi?

Uno svenimento, l'acqua troppo calda, un abbassamento di pressione, per esempio, una disgrazia.

Luigi, fammi capire, uno studia tanti anni Medicina per scrivere sul referto che è stata una disgrazia? Lo so che Tommaso è amico tuo, però.

Lea, te lo sto dicendo perché sembra che Vittoria è la prima morta dell'umanità.

Ma è almeno andato allo studio di Sandro a chiedere se Vittoria aveva qualche malattia?

Ecco, la stranezza è che Vittoria non aveva un medico a Scauri, non era tra le pazienti di Sandro, e nemmeno di Giuseppe, e da una prima ricognizione di Tommaso nemmeno i colleghi di Formia e di Gaeta l'avevano in cura.

E dove andava a farsi fare le ricette?

Forse lavorando in farmacia non ne aveva bisogno.

Ma un medico di base doveva averlo.

E non sta qua.

Starà a Roma. Ma come facciamo a trovare il medico di Vittoria in mezzo a tutti i medici di Roma?

Forse Mara lo sa, ma perché devi trovarlo, Le'?

Qualcosa che non mi torna, e adesso questo colorito giallo, perché Tommaso non chiede ulteriori accertamenti?

Perché dovrebbe farlo, che motivo c'è, mi sembri l'unica che non accetta la morte di Vittoria.

Non mi pare, visto che Tommaso è andato a chiedere in giro chi era il medico curante di Vittoria.

Perché fai quella faccia, Le'?

Luigi, ma Tommaso l'autopsia l'ha fatta veramente?

Avevo guardato Luigi con odio, ogni tanto capitava. Parlava con quella saccenza, quella sicurezza irritante che affiora sul volto e nel tono di chi ha studiato Fisica. Sanno tutto loro. Come se tutto potesse essere spiegato e capito. Quando litigavamo lui rideva, cosa che mi faceva arrabbiare ancora di più, e mi diceva Ma perché sei così insicura, questo è il mio modo di parlare, perché ti devi offendere? Non c'era in effetti alcun motivo perché mi offendessi, tuttavia ero ben conscia che senza di lui sarei stata una donna più libera, avrei viaggiato di più. Lui invece, nonostante gli studi, la fede comunista, gli amici e le amiche del partito, una grande tensione e pratica politica, era un capo tribù. La sua tribù eravamo io e le figlie. Inoltre, le uniche donne che riteneva intelligenti, nonostante ciò che andava blaterando sul fatto che non c'era differenza tra maschi e femmine, erano le figlie. Perché le aveva fatte lui. Piccole Atena nate direttamente dalla sua coscia. Luigi era insopportabile, ma era un bell'uomo e questa sua bellezza mi calmava, o almeno così era successo finora. O forse mi ero innamorata di lui e basta. Dagli amici si possono giudicare le persone, dagli amori no, certo, ma io mi giudicavo su tutto. Amori, paure, ciò che non capivo e avrei potuto capire. Giudicavo me stessa per i miei vizi, mi giudicavo male, e infatti fumavo chiusa in bagno.

Quando si era sposato l'assessore Comi, che allora era consigliere comunale, Vittoria abitava a Scauri da poco. Fuori dalla chiesa dell'Immacolata eravamo spalla a spalla, pronte per il lancio del riso. Mi aveva sussurrato Lei gli ha detto sì per caso e perché era di buonumore.

Perché io avevo detto sì a Luigi? Perché lei aveva detto sì all'avvocato Pontecorvo? Si muore per una disgrazia e ci si sposa per buonumore?

A metterla in fila, una frase dopo l'altra, la vicenda di Vittoria era questa. Una donna muore nella vasca da bagno, è affogata, il medico legale trova acqua nei polmoni e non indaga ulteriormente nonostante sappia, come tutti, che la donna è un'ottima nuotatrice. Forse il medico legale, non sappiamo perché, non fa l'autopsia. La donna ha più di sessant'anni. Al funerale, il paese in cui ha vissuto negli ultimi vent'anni intuisce che lei non era solo ciò che sembrava, anzi, forse non lo era affatto. Ma cosa sembrava? La donna aveva un marito e non lo vedeva da più di dieci anni. La donna era medico ma non esercitava, lavorava in farmacia. A quattro giorni dalla morte il medico legale rivela a un ex compagno di classe di aver osservato un colorito giallognolo ed essersi sincerato che anche le sclere fossero gialle. Dunque, bilirubina alta. La donna affogata nella vasca non aveva un medico a Scauri. Lo aveva probabilmente a Roma, città dove è nata, dove ha vissuto i primi quarant'anni della sua vita, dove ha studiato ed è stata sposata, dove probabilmente vive Rebecca, l'amica alla quale ha lasciato una testa di Sibilla. Un gesso di Canova. Rebecca di cognome fa Lanza. La donna possedeva un gesso di Canova, roba da museo. Che insieme alle automobili, ai guanti e ai vestiti delle persone arrivate da Roma per il funerale è segnale di una agiatezza, forse addirittura ricchezza, diversa da ciò che appariva. E che avremmo potuto ipotizzare visto che, arrivata in paese, aveva comprato una casa, e qualche anno dopo una barca. Tutto in contanti. Scauri e Roma distano solo centoquaranta chilometri, eppure questi fraintendimenti, questa mancanza di conoscenza, questa pigrizia del supporre per non faticare a chiedere, o dare per scontato invece di chiarire, sono enormi tanto che pare che Scauri e Roma stiano in due continenti diversi. Oltreoceano. Sappiamo di più dei parenti emigrati in Argentina o Canadà – pronunciato accentato, tipo francese – che di questa donna morta nella sua vasca da bagno. A due strade da casa nostra. Affogata. C'è da dire che i parenti dell'Argentina, forse anche per vanteria, hanno tutto l'interesse a dire di sé, mentre la donna scomparsa non aveva interesse alcuno a parlare di sé, anzi, come ha sottolineato il marito, il primo istinto della donna era non dire niente. È possibile che la classe economica, o la classe sociale, separi più della geografia. I soldi allontanano più degli oceani. Portando il discorso ancora oltre, si potrebbe sostenere che l'unica differenza di una specie che non ha razze, la nostra, sia la classe sociale. I soldi più del colore della pelle, più dell'orientamento sessuale, più del credo religioso. Ultima faccenda. La donna morta nella vasca ha vissuto gli ultimi vent'anni e diviso il letto con una donna molto più giovane, che avrebbe potuto esserle figlia, che conosceva il marito di lei, tra i due non corre alcuna simpatia, anzi si detestano. Questa donna giovane, che non è sbagliato definire vedova al pari del marito, ha stretto, non si sa ancora quando né perché, un'amicizia con una quasi coetanea originaria di Scauri che lavora nelle pompe funebri e che dalla morte della donna affogata avrebbe potuto trarre, e forse ha tratto, vantaggi economici. Dagli amici si capisce chi sei, dagli amici si può giudicare.

Lea, perché non parli?

Sto pensando a quello che hai detto.

E che ho detto?

Che sono l'unica a cui interessa della morte di Vittoria, ma non è vero altrimenti non mi avresti riferito quella cosa di Tommaso e del giallo.

Perché so che ti interessa.

Lui', stammi a sentire, mi interesso, come mi sono sempre interessata, di quello che non mi è chiaro, e la morte di Vittoria non è chiara, e almeno questo me lo devo.

Te lo devi?

Sì, io non ci ho capito niente di questa donna.

Se voleva farti capire qualcosa te lo avrebbe detto, Lea, invece le andava bene così.

E poi il marito, il premuroso avvocato Pontecorvo, mi ha detto di starne fuori, ma mi è sembrato minaccioso, e quindi.

Tu ti leggi troppi *Tex Willer*, amore mio, e ti fai un sacco di film.

Finendo il vino, mi ero chiesta cosa avrebbe fatto Luigi se fossi morta io nella stessa circostanza.

Tex Willer mi piaceva. Aveva una sua idea di giustizia, e io pure. Piaceva anche a Silvia e Giulia che dapprima guardavano solo le figure e poi, piano piano, avevano cominciato a leggerlo. Chiedevano spesso una bistecca alta due dita. E una montagna di patatine. Mi ero allontanata per fumare una sigaretta in bagno ma la sera era mite e così ero scesa in giardino e avevo continuato a camminare. Prima la stradina che traversava gli orti dei fratelli di mia suocera, poi via Olivella, e poi, una sigaretta dopo l'altra, costeggiando la direttissima Roma-Napoli sulla quale non smettevano di passare i treni, mi ero ritrovata in via Romanelli, davanti alla casa di Vittoria. Le luci a Costantinopoli erano accese e indoravano il patio. Il giardino era in piena fioritura autunnale. Ciclamini e crisantemi, le enormi campanule bianco-rosate erano alte ormai quanto la tettoia. L'acacia pareva un piumino di cipria tanto il rosa dei suoi fiori era carico. Il bosso e il salice mostravano gli estremi di tutte le gradazioni di verde. L'ortica. Dalla cucina veniva una luce tremula, come di candela, e una musica che non riconoscevo. Indecisa se entrare o no, mi ero accesa un'altra sigaretta. Così, quando Filomena aveva aperto la porta per accompagnare Sibilla in giardino e lasciare un secchio di scarti di verdura, mi aveva trovata in piedi, davanti al cancelletto. Almeno con una sigaretta in mano.

Lea?, che fai?

Niente, guardo l'albero di Costantinopoli.

Vuoi entrare?

Mi inviti in una casa che non è tua?

La casa è sempre stata aperta.

Nel secchio foglie di cavolo. Ancora un altro verde. Mara stava davanti a uno specchio, un bicchiere di grappa sulla credenza, in sottoveste, si sistemava le trecce intorno alla testa con le forcine. Mi aveva sorriso senza voltarsi. La vedevo riflessa, era la stessa Mara di sempre, non la donna che seduta nel mio ufficio aveva ascoltato la lettura di un testamento che la riguardava. Mi ero convinta che Mara del testamento sapesse già tutto. Che pure Filomena ne fosse a conoscenza. Seduta guardavo la mia immagine deformata nel piano di vetro del tavolo. Distogliendomi, avevo seguito Filomena raggiungere il tavolino accanto allo specchio nel quale Mara si sistemava i capelli, afferrare il bicchiere di grappa, bere un sorso e tornare a sedersi con me. Non riuscivo a essere calma.

Dov'eri domenica mattina?

E tu, Lea, dov'eri?

Io a Ponza, con Luigi, a casa di Alba, l'amica mia.

Hai passato una bella domenica, Le'?

Abbastanza, e tu che hai fatto?

Sono stata in agenzia.

Di domenica?

Sì, non è che lavori solo tu, pure io c'ho da fare.

E chi ha mai pensato che non avessi da fare, eri da sola?

Non faccio abbastanza soldi per pagarmi la segretaria.

D'altronde, Filomena, a me mio padre e mia madre non mi hanno lasciato la fatica.

Te l'avevano lasciata, Le', ma non ti andava di zappare la terra, volevi fare la signora sposata col professore e le bambine brave a scuola, con le scarpe Primigi di vernice e i fine settimana a Ponza dagli amici, no?

Sibilla si era accasciata sul tappeto davanti al camino spento, i gatti dormivano nella ciotola di peltro che mi stava davanti, da qualche parte sentivo un pigolare come di pulcini, e un raspare di zampe contro il legno di una porta.

Che succede?

I canarini in terrazza, le voliere stanno lì, in giardino non c'era posto, vieni ti faccio vedere.

Mara mi aveva preso la mano, Filomena era rimasta seduta, aveva afferrato il pacchetto delle sigarette che avevo lasciato sul tavolo e se n'era accesa una.

Non sapevo fumassi.

Non sai un sacco di cose, Le'.

Dai, vieni. Mara mi aveva strattonato.

Sul terrazzo stavano due pollai rettangolari con dentro canarini, parrocchetti e un pappagallo coloratissimo. Mi aspettavo voliere.

Un pappagallo?, e di chi è?

Dell'assessore Comi, due anni fa sono andati in vacanza in Brasile da certi parenti, lui, la moglie e i figli.

Forse lo sapevo.

Sono tornati pazzi per i pappagalli, questo lo hanno comprato a Napoli, ma non li avevano avvertiti che sarebbe diventato così grosso.

E quindi?

E niente, sai com'è la gente con gli animali, si stufa.

E come si chiama il pappagallo?

Giacomo.

Che nome per un pappagallo.

La seconda figlia, Mariella, la sai?

Sì, forse.

Vabbè, Le', Mariella ha fatto la maturità e pare che pur non avendo mai studiato niente per cinque anni ha avuto una illuminazione su una poesia di Leopardi, mo' non mi ricordo la poesia, l'assessore me l'ha pure detta.

Ho lasciato le sigarette giù.

Vedi perché a Vittoria piaceva parlare con te?, tu ti saresti ricordata la poesia di Giacomo Leopardi, casomai la sai a memoria, che poesia può essere?

Il sabato del villaggio?, A Silvia?, L'infinito?

Era sugli uccelli.

Passero solitario?

No, niente passeri, una rondine morta e un uomo che torna a casa su un carretto e muore pure lui.

Ma non è Leopardi, è dieci agosto.

Sì, dieci agosto! E di chi è?

Di Giovanni Pascoli.

Te lo avevo detto che Mariella non aveva studiato per cinque anni di liceo, mo' che faccio, cambio il nome al pappagallo?

Eravamo scoppiate a ridere berciando Giovanni Giovanni in direzione del pappagallo che non ne era particolarmente turbato. Dopo poco, aveva cominciato a ripetere Giovanni Giovanni con una voce gracchiante che mi ricordava quella di zio Alvise. Lo zio di Filippo che aveva vissuto con la cognata dopo la morte del fratello. Era simpatico zio Alvise, mi era dispiaciuto quando era morto. Nessuno sa cosa succede nelle case delle persone, figuriamoci nei letti.

Mara, ma c'è pure una civetta?

Dove?

Fuori dalla gabbia, là.

No, è Gallina nera, passa il tempo a gracchiare agli uccelli che non riesce ad acchiappare, o forse ci vuole parlare.

Filomena era arrivata col pacchetto di sigarette e me ne aveva offerta una, come fossero sue. L'avevo presa, lei me l'aveva accesa, poi aveva fatto lo stesso con Mara. Appoggiate a un muretto fumavamo guardando gli uccelli sempre più silenziosi. Forse Filomena era un cuculo, entrava nei nidi degli altri e cacciava i legittimi proprietari.

La mattina successiva ero tornata dal ferramenta, avevo parlato con Riccardo, mi ero fatta raccontare la sua versione, non avevo trovato l'occasione e nella notte me ne ero rimproverata. I genitori erano rimasti ad ascoltarlo.

Lea, io gli ho detto Sei biondo come una femmina, e quello mi ha tirato una bottiglia, all'altezza della faccia, io l'ho evitata e sono andato per dargli un pugno, che figura ci facevo con gli amici miei, e poi questi vengono qua e pensano che si possono portare le nostre ragazze.

Le ragazze decideranno per conto proprio.

No, decidono i soldi, questi c'hanno più soldi, e profumano come ricchioni pure se non lo sono.

Ma perché parli così?

Non ti voglio mancare di rispetto, Le', ma tu sei una femmina anche se fai l'avvocato.

E che c'entra, lasciamo perdere, vai avanti.

Mi sono avvicinato e gli ho tirato un pugno, non è vero che non l'ho preso, però lui un po' si è spostato, secondo me gli ho rotto lo zigomo.

Non gli hai rotto lo zigomo.

E tu pensi che quelli te lo dicono?, lo hai visto al funerale?, guarda che c'aveva la faccia gonfia.

No, non aveva la faccia gonfia.

Comunque, mentre mi preparavo a dargli un altro pugno, quello mi ha tirato una testata e mi ha spaccato il naso, poi mi hanno fermato altrimenti non si alzava più da terra.

Va bene, hai avuto la peggio.

Ti dico che hanno dovuto tenermi in tre altrimenti gli spaccavo tutto.

La madre gli aveva poggiato una mano sulla spalla e il padre, tossendo, gli aveva chiesto con una voce flebile di moderare i toni. Né il gesto né il richiamo erano serviti a niente.

Vittoria mi ha chiamato cretino.

Vittoria?

Eh, Vittoria, non ho capito da dove è uscita, come una furia, mi ha detto Sei un cretino, tu farai passare i guai ai tuoi genitori.

E poi?

Gli ho detto Zitta lesbica.

E come ti sei permesso?

Perché non è lesbica?, e lei come si è permessa di parlarmi con quel tono in mezzo agli amici miei e davanti a quei fighetti di Roma, poi mi ha allungato pure le mani in faccia e ho pensato che mi voleva menare, io però non meno le femmine, mai, manco quelle stronze, e manco quelle che non sanno stare al posto loro, così ho chiuso gli occhi e ho pensato che tanto lo schiaffo non mi faceva niente, e invece mi ha rimesso a posto il naso.

In che senso?

Mi ha preso il naso, lo ha stretto fortissimo, lo ha tirato, lo ha spostato, non lo so, qualcosa ha scrocchiato, e ho quasi smesso di sanguinare, poi si è avvicinata all'altro ragazzo, ha controllato se stava bene e se n'è andata, mi ha chiamato di nuovo cretino, se non era una donna la menavo, ma io le donne non le meno. Quando il naso ha smesso di sanguinare, ho pensato che era bello però, Le', c'era il tramonto, tutto era giallo e arancione, sembrava una discoteca. Fa ridere una dell'età di nonna in discoteca, eh?

In ufficio, cercavo di smaltire il malumore per la conversazione con Riccardo e pensavo a Rebecca Lanza che avrebbe ricevuto in dono una testa di Canova. Mi sentivo stupida. Era Rebecca l'amica comune che aveva avvertito Pontecorvo? E quanto era amica di Vittoria? Se volevo sapere qualcosa, dovevo chiedere a Mara, così avevo preso la cornetta, disponendomi alla possibilità che a rispondere fosse Filomena.

Mara?

Lea.

La faccenda della testa come procede?

Stamattina Filomena è andata alla Poste, Rebecca ha detto che non sarebbe riuscita a venire a prenderla, non credo ne avesse voglia, non so nemmeno perché Vittoria ci tenesse tanto che l'avesse lei.

L'hai avvertita tu?

No, io non la conosco, l'ho detto a Brigida.

E mo' chi è Brigida?

La moglie di un mio vecchio amico che conosceva pure l'avvocato Pontecorvo, si chiama Carlo, è una storia che non c'entra niente, lascia perdere, passi più tardi a prenderti un ricordo?

E cosa?

Un maglione, un anello, quello che ti pare.

E non sei preoccupata che la testa di gesso si rompa?

Non mi è mai importato della testa, l'avrei spaccata, ma Vittoria l'amava, è una delle poche cose che si è portata da Roma.

Era un regalo di qualcuno?, un gioiello di famiglia?, una cosa così?

Non lo so, Lea, ma se l'avessi rotta prima di leggere il testamento, non avrei avuto colpa, vero?

No, che colpa.

È una delle poche cose che si è portata dietro lasciando la casa del marito.

Ho capito.

E Rebecca è parente?

Non credo di averla mai vista, te l'ho detto, era una amica, si erano conosciute in collegio, Vittoria è stata in due collegi, ma non in Svizzera, a Roma, sulla Cassia, io pure vivevo sulla Cassia, dopo Isola Farnese, ma niente collegi, era campagna, la notte quando tornavo a piedi avevo paura, la strada era buia, però l'aria era buona e mio padre e mia madre non erano gente da fare domande.

Che domande?

Su come portavo i soldi a casa, avevo tre fratelli e mia madre non lavorava.

Avevi fratelli?

Sono morti tutti, tutti muoiono alla fine, anche Vittoria, comunque ci sono anche cose da ridere, anzi, sono molte più le cose da ridere che quelle da piangere. Devi passare a prenderti qualcosa prima che i De Filippis, i Nocella, i De Stasio, i Monti, insomma gli amici nostri, prendano tutto.

Conservami un maglione.

Quale?

Uno che non vuoi tu.

Sceglilo prima e poi vediamo se lo voglio. Giovanni, Giovanni, che ridere ieri sera col pappagallo.

Che ridere, madonna. Mara, che intendeva Vittoria con quella frase per Pontecorvo?

Ma che ne so?, dai, non ti viene da ridere a ripensare al pappagallo col nome sbagliato?
E, ridendo, aveva riagganciato.

In canonica, padre Michele sedeva tra i bambini in cerchio. Parlava degli spinaci descrivendone le foglie. Vittoria organizzava campagne di raccolta di erbe spontanee dei dintorni fino al Redentore. Aveva cominciato dopo che un gruppo di ragazze e ragazzi si era intossicato alla grigliata per festeggiare l'approssimarsi della maturità. Avevano organizzato un falò sulla spiaggia per i cento giorni dall'esame.

Il lungomare di Scauri è pieno di oleandri. Soprattutto rosa, ma anche bianchi, e un paio cremisi. Sono oleandri vecchi e ramificati, duri, le foglie paiono selve di lance durante le battaglie, o così raccontava Luigi alle bambine quando passeggiavamo la domenica pomeriggio. Da che avevano allargato i marciapiedi e installato qualche giostra le bambine andavano volentieri. Fatto sta che i ragazzi che avevano comprato polli e salsicce da fare arrosto avevano usato – pigrizia, comodità, sfortuna – i rami di oleandro per gli spiedi. Gli oleandri sono bellissimi ma sono velenosi e così, dei cinquanta ragazzi, più di trenta si erano intossicati. Si era pensato alle salsicce, ai sott'olio fatti in casa, alle droghe che, come uno spettro, falcidiavano scauresi e formiani, ai funghi, ovviamente, perché avevano mangiato anche quelli, presi chissà dove visto che a maggio non è che da noi se ne raccolgono tanti, e poi Vittoria se n'era uscita con la storia degli spiedi.

In effetti tutti sapevamo che l'oleandro era velenoso, ma pensavamo a fiori e foglie, mai ai rami.

L'oleandro è tutto velenoso, aveva detto Vittoria, come parlava lei, senza giudizio ma senza possibilità di redenzione. Correggere è impossibile, quasi sempre. Ma una cosa rimedia a un'altra. E con un po' di fortuna questo somiglia a una correzione. Così era andata da padre Michele che, a quel punto, era arrivato da pochi mesi, pure lui da Roma – non proprio Roma, da Guidonia, o Tivoli. Vengo dal fondo della Tiburtina, diceva, confidando nel fatto che anche non sapendo dove fosse la Tiburtina, tutti almeno una volta l'avevamo sentita nominare.

Dalle campagne di raccolta di erbe spontanee agli erbari il passo era stato breve, Scauri non era un posto ricco e quegli erbari costavano meno degli album delle figurine. Manuela della cartolibreria non era stata felice, e manco il giornalaio, perché le vendite di album Panini e figurine erano crollate.

Ai bambini piaceva, tra le piante c'erano quelle velenose, alle famiglie piaceva, risparmiavano e si sentivano parte di un mondo più grande del cortile di casa, e Vittoria credo si divertisse, i bambini non la annoiavano.

Quando l'anno prima era morto Germano, il più vecchio capostazione, forse il primo di Scauri, suo compagno di bridge, Vittoria mi aveva detto, uscendo dalla chiesa, Sai, mi addolora che le persone che mi hanno accolta quando sono arrivata stiano morendo. Non avevo avuto il coraggio di dirle che Germano era un repubblichino convinto, anche se forse mi avrebbe risposto, alzando le spalle, Ma che ti importa.

Vittoria aveva fatto per Scauri più di quello che Scauri aveva fatto per Vittoria. Il paese non riconosceva questa verità, ma io sì, ed era forse questo il motivo per cui volevo capire di più della sua morte. Era evidente che tutti fossero grati a Vittoria, che la amassero, ma mi piaceva dirmi che io la riconoscevo di più. L'avvocato Pontecorvo l'aveva chiamata febbre. Tuttavia, immersa in questo sentimento di gratitudine, con l'odore di incenso che strisciava dalla chiesa e si infilava nelle narici e nei pensieri, mentre guardavo padre Michele che raccontava le foglie di spinacio ai bambini e come non confonderle con quelle di mandragora che invece può essere tossica, mentre mostrava le differenze tra le foglie di melanzana e di belladonna, nella mia testa si era fatto spazio un pensiero che niente aveva a che fare col senso di comunità ma molto coi soldi. Però come.

Padre Michele, quasi si fosse accorto del mio rovello, forse disturbato dal rumore, mi aveva sorriso. La nostra Vittoria, che Dio l'abbia in gloria, questi erbari sono bellissimi, vero, bambini? Tutte le erbe e i fiori della nostra zona, tutte le foglie stagione per stagione, e ci sono anche le piante acquatiche, le alghe e la salicornia, sono bellissimi. Sono bellissimi, avevano ripetuto i bambini con voci bianche che tuttavia non erano riuscite a cancellare le domande che in inchiostro nero mi si componevano sulla fronte. I soldi si comprano con i soldi e gli esseri umani con gli esseri umani? Era questo il punto? Non mi erano chiari i miei stessi pensieri.

Ero ingrata, Scauri sapeva benissimo chi era Vittoria, sapeva pure che Vittoria aveva dato al paese più di quanto avesse ricevuto. Scauri però era certa di non dover ringraziare perché l'aveva accolta nonostante vivesse fuori dalle regole stabilite da quella natura che Vittoria mostrava di conoscere bene. Conosceva meglio le piante terrestri che le piante celesti, per sua stessa ammissione.

Quando i bambini erano usciti a due a due salutando padre Michele allegri e agitando le mani, mi ero seduta su una sediolina. Ero rimasta in silenzio, le ginocchia all'altezza del viso. Le avevo circondate con le braccia. Anche padre Michele stava zitto.

Sei andata al cimitero, Lea?

Sapete che non mi piacciono i cimiteri, e che i morti sono morti e i vivi sono vivi.

Io ci sono andato, ho piantato le erbe officinali, quelle che sono riuscito a trovare da Patella.

Come sta Patella?, non lo vedo da un sacco di tempo.

Acciaccato, Lea, ma bene, insomma, sulla tomba ho messo due chiapparielli, anche se il cappero è difficile, il cappero decide lui, ma sostiene Patella che sopra al cimitero i capperi prendono.

Padre Miche', non mi pare ci stanno capperi agli alberi pizzuti.

C'erano, ma stavano sui colombari vecchi.

Quelli crollati.

Sì, poi ci ho messo il rosmarino, la salvia, la lavanda che sta bene col rosmarino, il timo, sia quello normale che quello al limone, la maggiorana, e i peperoncini forti, che altro ci può stare?

Non lo so, il prezzemolo e il basilico sono stagionali, forse l'erba limoncina.

Non è una cattiva idea, hai ragione, vogliamo andare nella mia stanza che là stai scomoda?

No, mi piace stare qua.

Ma tu, Lea, perché non ti sei messa a fare la professoressa?

Non ci ho mai pensato, e forse non sarei nemmeno stata brava, lo vedete Luigi, Luigi non si offende quando i ragazzi non sanno qualcosa che pure dovrebbero sapere, si fa una risata, e spiega un'altra volta, con parole o esempi diversi, ci vuole molta pazienza, non ne ho, nemmeno con Silvia e Giulia, mi metto a fare i compiti con loro e subito mi chiedo, perché non lo sanno già?

La sai la risposta, Lea?

Di base, nessuno sa niente, poi, se uno si impegna, impara.

Penso pure io, ma non faccio il professore, faccio il prete, non insegno, confesso e assolvo, è diverso.

E Vittoria si confessava?

Ogni tanto, non erano vere confessioni, nel senso che non abbiamo mai parlato nel confessionale, sempre solo nella mia stanza, o qua, o certe volte dietro l'altare quando sistemavo le ostie nel tabernacolo, ma non mi ha mai chiesto di assolverla, e comunque non parlava di peccati.

Se mi dite così, significa che non vale quella sorta di segreto professionale a cui dovete attenervi.

No, non vale, ma ho ripensato alle parole di Vittoria molte volte in questi giorni e non mi pare ci sia niente da aggiungere rispetto a quello che abbiamo saputo, cioè che aveva un marito, che lo aveva lasciato a Roma per trasferirsi qui e vivere con Mara.

Ma lo sapevate che era una dottoressa?

Lo sapevo, certo, una brava dottoressa, l'ho consultata molte volte per me e pure per qualche parrocchiano che non poteva andare da altri medici.

In che senso?

Cose delicate, lo sai che l'equilibrio del paese è fragile.

Padre Michele, io vi devo dire una cosa.

Ti ascolto, figlia mia.

Ci sono cose che non capisco.

Dimmi, Lea.

Perché non abbiamo mai saputo che era sposata?

Non ha ritenuto opportuno dircelo.

Voi non lo sapevate?

No, non me lo aveva detto.

Voi le avevate mai fatto la domanda?

No, non le avevo mai chiesto se era sposata. A proposito come è finita la causa della bottiglia?

Con una conciliazione economica, i romani pagheranno quindici milioni a Riccardo e ai suoi genitori per mettere tutto a tacere, non vogliono che il loro giovanotto – come ci ha tenuto a sottolineare Pontecorvo – abbia una macchia sulla fedina penale, ha ben altre possibilità rispetto a Riccardo, non vogliono che si sappia che una volta, in un giorno di autunno, ha spaccato un naso.

Sono generosi, hanno lasciato una cospicua offerta dopo la funzione, nonostante il funerale fosse pagato.

E da chi?

Da Vittoria, quando mi ha consegnato la busta del testamento mi ha dato pure i soldi per il servizio funebre.

E voi che le avete detto?

Che mi pareva prematuro, che se doveva dirmi qualcosa ero lì e comunque non era necessario, con tutto quello che aveva fatto per la parrocchia, e tutti i soldi che ci aveva dato, non era davvero necessario, ma Vittoria si è messa a ridere e ha detto Prenda questi soldi e li gestisca come meglio crede, se non le serviranno per il mio funerale, non le mancheranno occasioni per farne un uso migliore.

E poi?

Poi si è incamminata con quel suo passo che, devo dirti, mi manca. Ieri sono entrato in farmacia e ho capito che era morta quando non l'ho vista dietro al bancone.

Ma c'è la vita eterna, padre Michele, la religione dovrebbe essere un sostegno, questa è solo una valle di lacrime.

Perché parli così, Lea?, non lasciare che il dispiacere offuschi la tenerezza del tuo sguardo, io non penso che Vittoria sapesse di morire, te l'ho già detto, credo che a un certo punto uno voglia essere certo di avere le cose in ordine, la religione mi dice che esiste la vita eterna e la resurrezione dei corpi, ma io questi corpi li so immobili e confusi nella luce di Dio, o forse immobili no, ondeggianti, ma i passi di Vittoria, la sua camminata, quel modo di ridere, spalancare gli occhi, di voltarsi stupita, di tenere la testa di tre quarti, di fissarsi su qualcosa e poi sbuffare appena, sono cose di questa vita e nessun'altra, di questo mondo e nessun altro, e di quei suoi passi avrò sempre nostalgia.

Padre Michele, io invece penso che Vittoria sapesse che stava morendo e non lo ha detto a nessuno.

E perché?

Questa è la domanda a cui dobbiamo rispondere.

Ma perché lo pensi, Lea?

Perché ha dato a me il testamento, e dunque, consciamente o inconsciamente, voleva che conoscessi la sua storia.

Lea, Vittoria non era una che spiegava, se capivi capivi, altrimenti andava bene uguale. Si può pure non capire, non è che si fa sempre finta di non capire, si può proprio non capire, figlia mia.

A casa le bambine giocavano. Ero in ritardo di mezz'ora. Paola, con una certa aria di rimprovero, aveva afferrato il cappotto, baciato la testa di Giulia ed era uscita sottolineando che il giorno dopo sarebbe arrivata non alle otto ma alle otto e mezza. Ho sempre trovato noiose le ripicche. Forse avevo studiato Giurisprudenza proprio per dimostrare a me stessa che la noia del punto contro punto era umana, se non sana, che l'ordalia, il processo più veloce che si possa immaginare, non ha niente a che fare con la giustizia, così come occhio per occhio dente per dente. Mi ero seduta e avevo chiesto a Giulia chi fossero le Barbie. Sentivo Silvia armeggiare in bagno con l'acqua canticchiando una marcia nuziale, doveva essere molto concentrata, al mio Ciao amore non aveva risposto e nemmeno era spuntata quando Paola aveva sbattuto la porta manco avessimo litigato. Giulia, con vocina compita, aveva cominciato una storia strampalata di persone disperse nella foresta pluviale. Ancora.

Avevano ribaltato le sedie e fissato i miei foulard con gli elastici tra le quattro gambe di legno. Le Barbie vivevano in palafitte improvvisate. L'accampamento di sedie ribaltate e foulard era opera di Silvia alla quale, più che gli esseri umani, interessavano le strutture, Luigi sosteneva che avrebbe fatto l'ingegnere, cosa che non credo gli facesse particolarmente piacere visto che lui aveva studiato Fisica e considerava gli ingegneri geometri con la laurea. Di come il pezzo di carta, la laurea, ti faccia sentire superiore al resto non ho mai saputo dire, ma forse è perché non ho fatto

Fisica. Giulia diceva che le Barbie si erano perse nella giungla ma che sarebbero sopravvissute perché avevano studiato paleobotanica – aveva detto così, ma non ero stupita, i manifesti di *Jurassic Park* occhieggiavano da muri e lamiere, anche dove non era consentito –, antropologia e fisica. Nessuna delle Barbie delle mie figlie studiava Giurisprudenza o aveva uno studio di avvocati. Le Barbie erano scienziate, studiavano Fisica. Ovviamente la Barbie fisica risolveva sempre i problemi più velocemente delle altre e salvava tutti. Dove avevo sbagliato.

Mentre Giulia mi raccontava di come avessero trovato rifugio sugli alberi e come fossero scampate prima a un attacco dei velociraptor e poi a quello dei gorilla – Luigi aveva letto loro *Congo* e sapevo, visto che era appena cominciato *X-files*, che presto o tardi le Barbie sarebbero sfuggite anche a un rapimento alieno –, Silvia era rientrata nascondendo qualcosa dietro la schiena. Vedendomi era arrossita. Le avevo chiesto Che c'è? col tono più dolce che potevo modulare, ma Silvia si era fermata, e aveva guardato a destra e sinistra come a cercare una via di fuga. Mi ero alzata e lei si era addossata al muro. Con delicatezza, ma fermamente, avevo insinuato le mani dietro la schiena e sentito una Barbie intrappolata tra le sue dita. Avevo provato a prenderla, ma aveva opposto resistenza. Le avevo sorriso, mi ero inginocchiata e le avevo chiesto perché la nascondesse. Silvia aveva puntato gli occhi a terra ed era scoppiata a piangere. L'avevo abbracciata senza riuscire a calmarla. Come spesso accadeva, aveva cominciato a piangere anche Giulia, così quando Luigi era rientrato aveva trovato due sedie ribaltate coperte da foulard, una donna ancora col cappotto e la borsa a tracolla inginocchiata e due bambine che frignavano. La premessa di una tragedia.

Luigi non perdeva la calma quasi mai, e infatti si era tolto il cappotto, aveva lasciato la borsa e detto allegro Insomma che succede?, è arrivato il momento di comprare la casa di Barbie?

La casa delle Barbie, e le macchine e i cavalli e i Ken erano un tema ricorrente. Tutte le amiche delle nostre figlie avevano gli accessori di Barbie, e loro no. La qual cosa comportava che loro potessero andare a giocare in casa d'altri, ma le amiche non potessero venire Barbie-munite a giocare da noi, non avere almeno un camper di Barbie era un'onta insopportabile. Senza nemmeno conoscerne il nome, avrebbero saputo descrivere perfettamente il sentimento della vergogna, e lo provavano. Si sentivano povere. Non avevano nemmeno i vestiti di Barbie, a parte quello che la bambola indossava nella confezione in cui la compravi, e questo era, immagino, il motivo per cui le ambientazioni erano tutte un po' selvagge o epiche, perché le vestivano con tuniche che ricavavano dai ritagli di stoffa della nonna. Quella loro creatività me le faceva amare molto.

Silvia un giorno me lo aveva chiesto. Mamma, ma noi siamo poveri?

La domanda di Luigi sulla casa delle Barbie mi aveva fatto ben sperare riguardo un nostro possibile trasferimento in una casa lontano da mia suocera. Forse le Barbie erano davvero una possibilità di emancipazione.

Luigi aveva spalancato le braccia e detto a Silvia Vieni qui, amore di papà. E Silvia, con una mano dietro la schiena e l'altra sugli occhi per asciugarsi le lacrime, era andata a mettersi tra le sue ginocchia, appoggiandogli la testa sul petto. Papà, aveva sospirato.

Allora, che succede?

Silvia aveva mostrato la Barbie, Non ti arrabbiare mamma. Le aveva tagliato i capelli.

Giulia aveva rubato la Barbie coi capelli corti, l'aveva fatta salire sulla sedia, mimando un'arrampicata su uno spago da arrosti a mo' di fune che inizialmente non avevo notato, e le aveva fatto baciare la Barbie con i capelli lunghi che stava su un materasso di presine della cucina. Poi aveva sorriso raggiante e aveva comunicato Abbiamo Ken. La Barbie coi capelli corti è maschio.

Allo Scoglio, Tommaso stava da solo in quello che consideravo il mio tavolino, gli avevo fatto un cenno e senza nemmeno salutare Tobia ero andata da lui. Mi posso sedere un attimo?

Beveva una birra rossa, ne avevo chiesta una anche io, nonostante non fossero nemmeno le cinque.

Tomma', ma che è la storia delle sclere gialle?

Lea, nessuno della famiglia ha chiesto niente, e nemmeno Mara, e d'altronde Vittoria non era una ragazza, quando sono andato a salutare Mara a casa però, ho notato che, nonostante il trucco, Vittoria aveva un colorito giallo.

Io pure ci sono andata ma non me ne sono accorta, cioè forse sì, mi sembrava più azzurro.

E vabbè, Lea, ma io ci faccio caso.

E che può essere?

Sclere gialle, bilirubina alta.

E che significa?

Tante cose, tra cui tumore al pancreas.

Scusa, Tomma', ma quando hai fatto l'autopsia non te ne sei accorto?

I carabinieri mi avevano chiesto di verificare se fosse affogata o no, e io, ti giuro mi sento un ciarlatano, ho verificato solo se ci fosse acqua nei polmoni, e c'era, quindi quando è andata sotto con la testa respirava ancora, ma era incosciente, mo' mi sento un cretino.

Uno può non essere un cretino eppure comportarsi da cretino, e poi?

E poi, non volevo rovinare Vittoria.

In che senso?

Non volevo sfregiare il suo corpo.

Tomma', dimmi a me, ma tu pensi che Vittoria fosse malata?

Lea, io penso che sclere così gialle le ho viste solo negli stadi terminali dei tumori al pancreas, ma è morta affogata, non è morta per il tumore, se c'era.

Tomma', ma tu l'autopsia l'hai fatta?

Lea, che ti devo dire?

E che mi devi dire?, lasciamo perdere, ma come ha fatto a diventare gialla due giorni dopo?

Questo non è strano, è strano che in casa non ho trovato niente nell'armadietto delle medicine, e Mara sosteneva che Vittoria non ne prendesse, in effetti non è stata vista da un solo medico in tutto il golfo.

Forse il medico di Vittoria stava da un'altra parte, la farmacista dice che andava spesso a Roma.

E che senso ha, perché uno deve avere il medico di base da un'altra parte?

Tomma', ti sembra che qualcosa in quello che vai dicendo abbia senso?, hai detto che non volevi sfregiare il corpo, ti senti quando parli?, ma Filomena non ha detto niente?

No, dice che era come altri vecchi che aveva vestito e truccato prima di metterli nel tauto.

Ma secondo te si potrebbe chiedere di sterrare il corpo e fare un vero esame?

Lea, io ti ho fatto una confidenza, e poi per quale motivo si dovrebbe rifare l'esame, è morta affogata, questo lo so.

Io devo capire, Tommaso.

Lo sai meglio di me come vanno queste cose, e comunque non siamo né tu né io a poter chiedere di ripetere l'esame autoptico, e nemmeno Mara.

No, dovrebbe chiederlo il marito, ma perché non hai fatto tutto l'esame?

Gesummio, Lea, ti ho detto che non sono riuscito a fare un esame come si deve perché mi dispiaceva.

Ma cosa ti dispiaceva?

Vittoria mi era sempre piaciuta, da quando ero ragazzo.

In che senso?

Mi piaceva, era bella, profumava, sorrideva, si muoveva con eleganza, forse mi ricordava mia madre.

Tomma', ma ti stai sentendo?

Che ti devo dire?, mi ricordo il giorno preciso in cui l'ho vista per la prima volta, stavo seduto in piazza Rotelli, ero tornato dall'università, stavo con Antonio di Tremensuoli e Nino, te li ricordi, sì?

E allora?

Niente, vedo questa donna che taglia la piazza, fissa i pini, e camminando si toglie gli occhiali da sole e se li mette in bocca, una stanghetta, poi guarda ancora i pini, poi sorride a qualcuno abbassando la testa e alzando la mano fa ciao ciao, fissa la facciata della chiesa, alza le spalle, avrà pensato come tutti che è il cesso, vabbè, come noi, e quando arriva davanti alla panchina si ferma, ci guarda, mi guarda, credo guardasse proprio me, e prosegue.

Ma che storia è?

Aspe', poi torna indietro e mi dice Ha una bella borsa. Ma chi ti dava del lei a Scauri?, al massimo del voi, e comunque, se uno più grande ti parlava, ti dava del tu. La borsa me l'aveva regalata mio padre, mi aveva dato la sua, questa qua che porto ancora.

E poi?

Poi niente, mi ricordo il profumo e la gonna che le si muoveva intorno alle ginocchia, una specie di vortice. Sembrava una ballerina di pizzica. Se uno guardava i movimenti della gonna, sembrava ballasse la pizzica, io mi ricordo di aver sentito pure le nacchere.

E quindi per quelle ginocchia di vent'anni fa non hai fatto l'autopsia?

Mara era in casa, da sola, il bicchierino che aveva davanti mi pareva lo stesso della sera prima. Oltre il gatto rosso nel peltro, c'era Gallina nera che si leccava il pelo. Mara biascicava.

Filomena non c'entra niente con questa storia, lasciala perdere, lo sai come è.

No, com'è?

Una persona semplice a cui piaccio, e a me piacciono le persone a cui piaccio, solo quelle, e per questo, soprattutto, mi è piaciuta Vittoria, forse posso dirti come ci siamo incontrate.

Ero passata solo per prendermi un maglione.

Non è vero, tu fai tante domande, pure su Rebecca fai le domande, e sull'avvocato Pontecorvo e su di me, e su Filomena, sui gatti nuovi, tu non pensi che Vittoria sia morta per una disgrazia, come pure succede. Io non l'ho ammazzata, non ero in casa, chiedi a quello delle bombole che mi ha accompagnata.

No, non penso sia morta per una disgrazia, e non penso tu l'abbia uccisa, ma poi perché vi siete fissati tutti co' 'sta disgrazia?

Basta, per favore, vai a prenderti un maglione, sono nella parte di destra della cabina armadio, a sinistra ci sono i miei, se vuoi prendi pure quelli, mi sono scocciata di stare in mezzo a questa roba. La roba ti fa diventare roba.

La camera da letto era in penombra, il letto disfatto, sembrava ci avessero dormito in due, avevo alzato la tapparella il cui rumore aveva agitato gli uccelli sul terrazzo, frullii di ali e versi striduli si rincorrevano e mi pareva si avvitassero ai tubi che reggevano il ricovero della barca insieme a quelle campanule rosate che vivevano una tardiva fioritura. Sarebbero appassite e si sarebbero riviste in primavera. Non così Vittoria, non così nessuno di noi.

Vittorio a diciotto anni avrebbe voluto quella vecchia barca di legno che andava lenta lenta e faceva rumore di caffettiera e la cui manutenzione somigliava a un esercizio da religione orientale? Nella stanza, il profumo di Vittoria andava svanendo nonostante le boccette con gli oli essenziali campeggiassero sul comò. Nella cabina armadio invece persisteva. Avevo respirato due volte e aperto bene gli occhi. Avevo allungato la mano e preso un maglione a collo alto, color caffè, al quale era attaccata la spilla di stoffa che le avevo visto spesso, e sul quale baluginavano i fili bianchi dei capelli. Avevo aperto un cassetto di calzini, li avevo guardati, spaiati e in disordine. Mi ero seduta e avevo cominciato a sistemarli. Blu con blu, grigio con grigio, righe con righe, bianco con bianco. C'erano pure mutande e reggiseni. Guardavo i pezzi di stoffa incredula. Furtiva, mi ero infilata in tasca un paio di mutande color carne, di pizzo, molto trasparenti. Di chi erano? È strano farsi domande sulla proprietà degli oggetti mentre sei in casa d'altri e quegli oggetti sono certamente i loro. È strano fidarsi della propria idea del mondo quando basterebbe guardare. C'erano moltissimi calzini. Non distinguevo più bene i neri e i blu e questo mi aveva rallentato tanto che Mara si era decisa a raggiungermi. In piedi, nonostante fosse appoggiata a un'anta, barcollava.

Stai bevendo da ieri sera?

Che vuoi che faccia?

Non lo so.

Certo che non lo sai, Lea.

E allora dimmelo.

No, adesso sono stanca, ma ti parlerò, forse mi fa bene raccontare qualcosa a qualcuno, aspetta, non prenderti solo un maglione, prenditi i pantaloni, non mi vanno, o mi andrebbero troppo corti, tu invece porti gli stivali, puoi infilarceli dentro, sono bei pantaloni, caldi, sarebbe contenta che li avessi tu, le piacevi.

Basta con questa storia, Mara, non è vera.

Sì, invece, le piacevi, non so se in quel senso, spero di no, e nel caso spero di non venire a saperlo mai.

Io non sono come voi.

Che ne sai chi sono io?

Mi piacciono gli uomini.

Ma ti piaceva pure Vittoria.

Sì, Vittoria mi piaceva.

E allora, quante donne devono piacerti per dire che ti piacciono le donne?

Ma è una cosa teorica, mica mi piaceva come mi piace Luigi.

E perché non ci hai provato?

Non mi è venuto in mente e poi non rovino le famiglie.

Ma chi ti ha detto che saresti riuscita a rovinarci?, e poi che ne sai di cosa rovina le famiglie?

Invece tu lo sai cosa rovina le famiglie?

Certo che lo so, una sola cosa.

E cioè?

L'incapacità di accettare che quelli che ami cambino.

Uscita da casa di Mara con una pila di pantaloni, avevo pensato che l'autunno e l'inverno sarebbero passati e io li avrei indossati, il gesto di mettere e togliere quei pantaloni avrebbe misurato le giornate, gli ultimi denti da latte lasciati sotto al cuscino per il topo dei denti sarebbero stati trasformati in monete, le pagine del manuale di fisica che Luigi stava scrivendo si sarebbero accumulate sulla credenza della cucina per essere rivedute e corrette. Riccardo il figlio del ferramenta avrebbe avuto quindici milioni. Il nipote di Pontecorvo avrebbe dimenticato di aver lanciato una bottiglia.

Le erbe sulla tomba di Vittoria sarebbero cresciute e avrebbero profumato l'aria del cimitero di salvia, timo e rosmarino. Pensavo pure che sotto a quei pantaloni, pesanti e leggeri, Vittoria era stata nuda. E adesso lo ero io. Nude nello stesso posto, ma non nello stesso tempo.

A casa, avevo chiesto a Paola di aiutarmi nel cambio di stagione, per il quale ero in ritardo. Più che altro, volevo fare posto ai pantaloni. L'operazione divertiva le bambine che si provavano vestiti, giacche e camicie, cravatte e cappelli. Collane e cappelli le mandavano in visibilio, chissà perché, talvolta con un gusto che non capivo da cosa derivasse, forse dai libri di dèi ed eroi, intrecciavano le piume di pavone per farne tiare, o frontini. Le piume erano state un regalo di Vittoria per il battesimo di Giulia. Il colore aveva perso vividezza ma erano ancora belle. Mi sarebbe dispiaciuto doverle buttare a un certo punto, ma mi dispiaceva pure togliere un divertimento alle bambine. Forse le piume avevano fatto il loro tempo. Non avevano i vestiti delle Barbie ma potevano fare le Barbie con i vestiti miei e di Luigi.

Mamma, ma noi siamo poveri?

Avevo dato a Paola qualche camicia e qualche pantalone, pur sapendo che le sarebbero andati stretti, ma Paola, come molte donne ancora in quegli anni, era in grado di fare buoni lavoretti di sartoria. Mia suocera, che era una sarta rifinita, non era d'accordo. La trattava con sprezzo, e sbuffava quando Luigi si ostinava a dirle che i rammendi di Paola andavano benissimo. Lei insorgeva che non lo aveva fatto studiare per poi mandarlo in giro come uno straccione.

Io ti credo quando mi parli di cose scientifiche e sulle medicine, ma tu credimi quando io parlo del lavoro che faccio, è come fai le cose, mica le cose che fai, insorgeva mia suocera.

Alcuni pantaloni li ricordavo addosso a Vittoria, altri ero certa di non averli mai visti. Alcuni avevano le toppe sulle terga, le stesse toppe che si mettono sui gomiti e, in generale, i rammendi erano ben visibili, una versione tessile di quella pratica giapponese del riparare con l'oro che da subito mi era sembrata una bellissima idea e anche una bellissima metafora ma, da quando tutti la utilizzavano per intendere qualsiasi cosa e consentirsene ancora di più, mi era diventata antipatica. Mentre sistemavo sulle stampelle il pantalone rattoppato avevo avvertito un tintinnio, una moneta da cinquecento lire che Silvia, grande collezionista di moneta corrente, si era affrettata a raccogliere. Sorridendo, avevo infilato le mani nelle tasche.

Silvia mi correva intorno canticchiando esaltata Altre monete! Altre monete!, ma nelle tasche non avevo trovato che uno stuzzicadenti spezzato e un biglietto del treno di quattro settimane prima. Quei nuovi biglietti giornalieri che valevano per tutte le tratte regionali del Lazio ed erano chilometrici. La fascia del biglietto verde acido, o forse verde menta, dichiarava che Vittoria il 9 settembre, il giorno successivo alla festa del paese, aveva comprato un giornaliero di fascia chilometrica 160. Era cioè andata a Roma ed era tornata indietro.

La stampigliatura era sbiadita ma riuscivo a leggere, era partita col treno delle sette e ritornata con quello delle cinque. Dalla stazione Tiburtina. Avevo alzato il biglietto per mostrare alle bambine la filigrana, lo facevo anche con le banconote, quando immettevano tagli nuovi dalla Zecca, e, insieme a quei cerchi e quadrati che aprivano un ultramondo tra due fogli di carta, avevo intravisto una scritta sul retro. La grafia era la stessa del testamento. *D. Via Tagliamento 12*.

Avevo scambiato le cinquecento lire che avevo in tasca con quella caduta dal pantalone di Vittoria ormai scaldata dal palmo umido e avido di mia figlia, e mi ero ritirata nella stanza che usavo come studio ma che, in effetti, era uno sgabuzzino sul terrazzo, gelido d'inverno e rovente d'estate. Avevo sistemato i tre oggetti in fila e li avevo osservati. Quasi fossero un rebus. Una moneta da cinquecento lire. Mezzo stuzzicadenti. Un biglietto chilometrico. Lettera del rebus era la D. Incapace di risolvere, fissavo quegli oggetti. Poi, il telefono aveva squillato. Facendomi riconsiderare un'idea che avevo abbandonato.

Inseguita dal trillo del telefono, ero uscita in strada senza alcuna curiosità di sapere chi chiamasse a quell'ora del pomeriggio e cosa avesse da dire a Luigi o a me, potevano essere genitori di compagni di classe o gli stessi compagni che a dieci anni avevano già ampia familiarità col telefono. Avevo raggiunto l'Appia continuando a camminare di buon passo. Era quasi il tramonto e il cielo era rosa. Davanti al ristorante Il Passeggero, come al solito, si sentiva odore di forno a legna. Due camerieri fumavano in piedi, li avevo salutati: uno, Giovanni, era stato mio compagno alle scuole elementari. Colta da una premonizione, mi ero voltata. Dall'altro lato della strada c'era l'agenzia di pompe funebri Paradiso, Filomena stava sulla soglia e mi guardava. Altro rebus. Parrucchiere - Pompe funebri - Macellaio - Casalinghi. Questo il prospetto. Indecisa sul da fare, avevo alzato la mano in segno di saluto, non mi aveva risposto, avevo tirato dritto. E ancora avevo tirato dritto quando Anna, la mamma di Riccardo, mi era venuta incontro, l'avevo liquidata con una frettolosità che non mi apparteneva e che io stessa avevo trovato volgare.

Ti chiamo domani, avevo sorriso per tentare di scusarmi e finalmente ero entrata in edicola.

Avevo attraversato la prima stanza, afferrato i due tomi dell'elenco telefonico di Roma ed ero uscita scusandomi e promettendo che li avrei riportati la mattina successiva. La mia decisione doveva essere tale che Aldo, il giornalaio, era rimasto con la sigaretta a mezz'asta, gli occhi nocciola dietro le lenti scure e non aveva detto che un Eh, ma forse non era volontario, era uno spasmo, un commento alla cenere che impolverava i giornali patinati.

Ma che c'hai co' 'sti elenchi, Le'?, mi aveva urlato dietro una voce che non avevo riconosciuto.

In ufficio avevo detto a Cristina che poteva andare, avevo chiamato Luigi per avvertire che ero in studio e non sarei tornata per cena e forse avrei fatto tardi e mi ero messa a cercare i numeri di telefono corrispondenti a via Tagliamento 12. La lettera D poteva essere l'iniziale del cognome o una scala. I condominii a Roma erano paesi. Poi, con la puntigliosità esercitata negli anni universitari e di specializzazione negli archivi di Stato, avevo spento la luce centrale, acceso la lampada ministeriale di cui andavo fiera e che torreggiava sulla scrivania e cominciato a cercare. Da qualche parte bisogna pur cominciare, e io avevo scommesso sull'iniziale del cognome. E sapevo pure, con un certo fastidio, che la fortuna vale più dell'accuratezza, quasi sempre.

Dopo un'ora avevo appreso che al numero 12 di via Tagliamento non c'era alcun condominio. C'erano Paolo Dini, Ulisse Dini, Duccio Maria Dini accanto al cui nome era specificato Studio Medico. La scusa per andarci l'avevo ed era l'avvocato Pontecorvo. Avevo chiamato Cristina a casa e le avevo chiesto di avvertirlo che sarei passata nel tardo pomeriggio del giorno dopo, per sistemare la pratica della bottiglia.

Ma è sabato, forse è impegnato.

Non lo sarà.

Padre Michele aspettava il treno seduto sotto la pensilina che proteggeva i marciapiedi dei binari 2 e 3. Indossava un cappotto nero e il cappello da curato di campagna delle grandi occasioni. Una falda larga tonda e le sue solite scarpe sportive. Quando mi aveva visto si era aperto in un sorriso che avevo ricambiato allegra.

Dove andate, padre?

In Vaticano.

A fare?

Niente di particolare, vado a ritirare i rosari per i nostri fedeli.

E fino al Vaticano?

Non ci sarebbe bisogno, ma una volta all'anno, forse due, un giro lo faccio, Lea, mi piace quel ciborio, le colonne, la facciata, e pure tutte le persone che vengono da un mondo che io non vedrò mai, insomma, mi faccio una gita, ti stupisci?

No, penso alla porta della chiesa con quel bilancio annuale affisso, dove i fedeli che sono pure cittadini possono controllare quanto vi arriva dalla curia, e i costi delle funzioni.

Battesimi pochi, soprattutto funerali, Lea mia, ma menomale che ci sono, la morte è un momento di aggregazione per la comunità.

Non tutte le morti, padre Michele, alcune sono diserzioni, o disgrazie, come si dice qua.

Guarda che Vittoria la vita sua l'ha fatta, mi dirai che quella di Gisella è stata una tragedia, ma Vittoria no, a Vittoria poteva succedere, come può succedere a me.

Io non penso che a Vittoria sia successo.

Ma che vai dicendo, Lea?, dimmi invece, dove stai andando?

A Roma anche io, a chiudere la pratica del figlio del ferramenta, vado a ritirare l'assegno, e a firmare una carta che dice che i genitori e Riccardo stesso nulla avranno a pretendere, credo ci sarà da firmare un accordo di riservatezza.

Io poi non ho mai capito la necessità di queste carte, mica una cosa scritta cancella una cosa fatta, o impedisce che si ripeta, mica è una magia?

Padre Michele, proprio voi che pronunciate le parole Corpo-di-Cristo tre volte al giorno con la certezza che l'ostia consacrata sia proprio il corpo di Cristo?

Mi dispiace che non c'ero quando hai fatto il catechismo, pensa come ci divertivamo.

Dite, padre Michele?

Dico dico, io mi diverto sempre con i bambini, lasciate che i bambini vengano a me, sta scritto.

Ma il treno è in ritardo?

Non mi pare, Lea, stammi a sentire. Ti ricordi quando sei venuta ieri o ieri l'altro che stavo raccontando le foglie di spinacio.

Sì, certo.

Eh, nemmeno a farlo apposta, Lea mia. Alice, una bambina di Sessa che ha i nonni a Scauri e quindi spesso e volentieri viene a giocare in oratorio, mi ha portato una busta di spinaci, un regalo, sai, arrivano sempre polli, conigli, verdura, qualche volta le uova, e pure, devo dire, i formaggi, tipo la ricotta, che a me piace molto la mattina sul pane tostato con la marmellata, pure le marmellate mi portano, comunque, lasciamo perdere la colazione, e ringraziamo sempre chi porta questi doni perché io posso dividerli con chi ne ha bisogno più di me che pure non ho molto. Comunque, ringrazio Alice e porto gli spinaci in cucina e visto che c'era ancora Antonietta a darmi una mano, le ho chiesto di caparmeli, così li mangiavo la sera. Antonietta non sa pulire il pesce, ma con le verdure è paziente. Mentre raccontavo ai bambini delle palme nella Bibbia, e dei fiori del giardino dell'Eden a cui Eva e Adamo danno i nomi, Antonietta è entrata nella stanza e ha detto Padre Miche', chiamate i nonni di Alice perché qua in mezzo alle foglie di spinaci ci stanno le foglie del diavolo.

Il diavolo?

Ti puoi immaginare i bambini, Lea, una metà piangeva, una metà ululava, e qualcuno nelle due metà saltava in preda all'eccitazione. Diavolo diavolo urlavano, così, dopo aver calmato la situazione e aver chiamato i nonni di Alice, mi sono messo a spiegare la differenza tra le foglie di spinaci e la mandragora. Dopo poco sei arrivata tu.

Il fischio del treno aveva interrotto il monologo di padre Michele e io mi ero domandata se fossi in grado di riconoscere una foglia di mandragora o la mandragora in sé. Mi ero alzata.

Padre, mi dovete scusare, mi metto nella carrozza di testa perché devo correre e poi il vagone fino a Cisterna è un po' vuoto così mi posso studiare le carte.

Ti ho stordito, eh, Lea?, mi aveva sorriso sotto quella falda tonda che mi pareva enorme rispetto alla sua faccia e mi aveva fatto ciao sussurrando Vai vai, mentre si voltava e subito ricominciava a parlare con un uomo e una donna che sapevo essere di Minturno ma non conoscevo personalmente.

La frenata alla stazione di Latina era stata brusca, avevo aperto gli occhi scoprendo di essermi addormentata. Avevo guardato fuori dal finestrino con una certa ansia e visto Alba scendere e guardarsi intorno furtiva. Non andava avanti né indietro, cercava qualcuno tra la folla. Quando il treno aveva già fischiato, una ragazza, correndo come una forsennata, l'aveva raggiunta e le aveva lasciato una retina, nella quale c'era una scatola forata, Alba le aveva allungato una busta da lettera e senza salutarla era risalita sul treno. Le porte si erano chiuse e i vagoni avevano cominciato a muoversi regalando l'illusione che a correre fosse il paesaggio. Silvia e Giulia si preparavano a quei momenti di confusione con entusiasmo. Come immaginavo, Alba era venuta a sedersi nel vagone di testa, ci mettevamo sempre nei primi quattro sedili di sinistra quando viaggiavamo verso Roma e in quelli di destra quando tornavamo verso Formia, dove Alba viveva. Così, all'andata vedevamo Roma sorgere dalle campagne seguendo i nastri degli acquedotti, e al ritorno, dopo la stazione di Itri, ci godevamo il mare in una delle forme più belle del Sud pontino, il Golfo di Gaeta.

C'era ovviamente, in questo gongolare nelle forme del Golfo, una punta di campanilismo che nessuna laurea e nessuna conoscenza del mondo erano riuscite o avrebbero potuto scalfire. Alba non era né sorpresa né felice di trovarmi.

Non ti ho vista salire a Formia.

Ho preso il treno in corsa, pensa che già era in movimento ma non avevano bloccato le porte.

E che vai a fare a Roma?

Niente di particolare, un giro.

E che c'è in quella borsa?

Mamma mia, Le', e che è un interrogatorio?, dimmi invece se vi siete divertiti sabato scorso a Ponza che non ci siamo più sentite.

Tutto bene, si sta sempre bene a casa tua, mi dispiace che Luigi non si è fatto il bagno.

Avevo ripreso a guardare fuori, i canali di bonifica, le case disordinate, i silos e le ciminiere degli impianti chimici, le pecore. L'Agro pontino era ancora zeppo di pecore, pensavo alle incisioni di Piranesi, copie da poco prezzo che mia madre mi aveva regalato quando avevo aperto lo studio. Erano di bassa qualità e scarsa definizione ma le avevo fatte incorniciare e le avevo appese all'ingresso. Chissà perché mamma aveva pensato che quelle incisioni andassero bene per uno studio legale, e chissà se, nella sua testa, quelle stampe sgranate erano state un investimento.

A che pensi, Le'?

Ti ricordi le stampe che mamma mi ha regalato quando ho aperto lo studio?

Piranesi?

Sì, Piranesi, pensavo che la campagna romana sembra sempre Piranesi.

A colori, però. Alba sorrideva ma mi guardava preoccupata.

Ti devo dire una cosa, Le'.

Dimmi.

Tu sei così giudicante, però.

Io?, ma quando mai?

No, lo sei, ti ricordi quella volta che mi ero ubriacata e avevo vomitato pure l'anima alla festa di Clarice, a Napoli?

Che figura di merda.

Ma perché?, io stavo male, mica era una figura di merda.

La prima volta che ci invitano in una casa del Vomero in mezzo a gente che manco ci sognavamo di poter conoscere e tu ti ubriachi come una mela marcia e poi vomiti sul divano bianco.

A parte che ho vomitato io, mica tu.

Ma eravamo andate insieme.

Vedi come sei?, lasciamo perdere.

E dimmi Alba, su.

Non mi fare la morale, però.

Oh, sarò libera di dire quello che mi pare?

Praticamente mia figlia sta in casa con due romane che hanno ciascuna un gattino, e lei pure ne vorrebbe uno.

Sei scesa a Latina a prendere la jatta?

Mi spii?

Ma che ti spio, Alba, mi sono affacciata dopo essermi svegliata di colpo per capire dov'ero, e poi hai visto che tieni in mano?, anzi, vedi se sta bene che non lo sento manco respirare.

Sta bene, sta bene, comunque Carla voleva un gatto egizio, hai presente quelli senza pelo?

Che schifo.

Lascia perdere, quando mai si può giudicare qualcuno dagli amori, come dici sempre tu.

Sì, però.

Lascia perdere ti dico, Lea, la questione vera è che questo gatto costa più di un milione.

Ma sei pazza?

Io l'ho trovato a Latina a duecentomila lire e ora glielo sto portando.

Ma perché?

Perché voglio che si senta una ragazza normale.

Col gatto da un milione?, costosa questa normalità.

Vedi che sei giudicante?, ognuno è normale a modo suo, Le'.

Speriamo, visto che lo hai pagato tanto di meno, che almeno il gatto è originale egizio.

Ogni tanto riflettevo sul fatto che mio padre e mia madre mi avevano dato un nome corto perché non volevano venisse abbreviato, come sempre succede dalle parti nostre. Ed era stato inutile.

Avevo conosciuto Alba il primo giorno delle superiori. Probabilmente non saremmo diventate amiche se non ci avessero messe nello stesso banco. In seconda fila, a sinistra della cattedra, sotto la finestra. Mi distraevo spesso a guardare i treni, il liceo Vitruvio Pollione dà sulla stazione di Formia. Sul frontespizio sta scritto POST FATA RESURGO. La sezione A era quella dei figli di papà, delle famiglie bene di Formia, di quelli che sarebbero diventati professionisti. Ingegneri, avvocati, medici, professori di scuola superiore o università. Io c'ero finita perché avevo vinto la medaglia d'oro alle medie, studiavo tanto, me ne volevo andare ma senza farlo vedere, speravo fossero le cose a portarmi via. La medaglia d'oro mi aveva condotto al liceo classico, sottraendomi all'istituto magistrale. Nemmeno mia madre aveva potuto opporsi. Quindi studiavo e leggevo tanto per aiutare le cose a trascinarmi da un'altra parte. Se non avessi incontrato Luigi, forse sarei arrivata anche più lontano.

Fatto sta che al ginnasio della prestigiosa scuola formiana ero quella vestita peggio. Mio padre diceva Poveri sì, sporchi perché? Ero la più povera e la più linda. Credo che all'inizio Alba e io fossimo diventate amiche perché Alba non aveva capito da dove venivo. E non lo aveva capito fino a quando al primo colloquio con i genitori era arrivata mia madre, molto linda, molto elegante, lo è sempre stata. Un'eleganza che, a osservarla bene, aveva a che fare sì col gusto naturale che certamente possedeva, ma prima ancora col decoro.

Osservavo le professoresse, i miei compagni di classe e speravo mia madre non si accorgesse dei sorrisetti, del sussiego, della condiscendenza. Non che ci fosse molto da dire, ero la più brava della classe. Che in quel mondo non significava essere un genio, ovviamente non lo ero, ma che la mia bravura era il risultato, la conseguenza della mia classe sociale, delle privazioni e dei limiti. Ci sono cose che oggi le donne possono fare e che quando ero ragazza io negli anni Sessanta non potevano fare, ma c'erano cose che i poveri, come ero io, potevano fare e che oggi non possono più fare.

Sì, questo significa, si accorava Luigi quando ne parlavamo. Luigi, da quando avevamo avuto le bambine, non poteva concepire differenze tra maschi e femmine, la prendeva come un'offesa personale. Quando gli avevo fatto leggere la voce *donna* e i sinonimi sull'enciclopedia si era messo a piangere e poi era andato nel capanno a sistemare l'impianto elettrico e a costruire un mobile. La sera, quando era rientrato per cena, era più calmo e aveva un'unghia viola forse per una martellata, era distratto.

Mi chiedevo dunque se Alba, col suo gatto egizio, percepisse per la prima volta una differenza di classe a suo sfavore davanti alla quale non era mai stata messa, o la stranezza non dipendesse invece dal fatto che noi eravamo cresciute in un tempo dove né cani né gatti si compravano, mentre le nostre figlie cominciavano a camminare in un mondo dove tutto si poteva comprare e vendere. Un posto dove accudimento e cura cominciavano ad avere un prezzo.

Non riuscivo e non volevo capire ma credo che Alba, seduta con in grembo la retina con dentro la scatola forata con dentro il gattino, e chissà cosa c'era nel gattino, mi facesse tenerezza.

Quando era rimasta incinta, negli ultimi mesi del primo liceo, non me ne aveva fatta alcuna, eravamo a quel punto molto amiche, era venuta a casa dei miei tante volte, e sua figlia Carla subito ci era sembrata una bambola. Credo sia stata una buona madre per questo, non sentiva responsabilità, voleva solo giocare.

Cosa avrebbe detto Vittoria del comprare e vendere gatti non lo avrei più saputo. Probabilmente niente, un'alzata di spalle, avrebbe riso, forse irriso.

Mi aveva detto una volta che Sibilla, il suo cane, conosceva almeno quattrocento parole, le aveva segnate su un taccuino. Chissà dov'era il taccuino.

La stazione Termini aveva inghiottito Alba col gatto e avrebbe inghiottito presto anche padre Michele. Mi ero affrettata per uscire dal lato di via Marsala. Mi piaceva bere il caffè al bar Trombetta. Mi piacevano i bar delle stazioni, ero abituata a prendere i treni presto, e i bar delle stazioni sono sempre aperti. Non c'erano belle facce intorno a Termini e il fumo delle macchine aveva annerito i marmi. Probabilmente in origine doveva essere troppo bianca. Non amavo il troppo bianco. Come sei intransigente, rideva Vittoria quando capitavano discorsi del genere. Perché intransigente?, Perché hai una tua idea su ogni cosa del mondo, Lea.

Si sarebbe di certo divertita con la storia del gatto da un milione pagato duecentomila lire.

Non sono già più in grado di dire se Vittoria ridesse spesso o ridesse con me. C'è un errore di valutazione che è facile compiere. E dal quale mi guardavo, per istinto. Scambiare qualcuno che ride del mondo, per indole, con qualcuno che ride con te, per gusto. O per amore. Le mie teorie non valevano niente, ero confusa. Capita di incontrare quegli entusiasti che per i primi cinque minuti sembrano innamorati di tutti, poi si distraggono perché sono innamorati non di questo o quello, né di te, ma di tutto. Ecco, io ero sempre stata attenta a mantenere separate le cose.

Lo studio dell'avvocato Pontecorvo era in via Sicilia, in un bel palazzo liberty. Avevo imboccato via Marsala per arrivarci e mi ero detta che da lì, camminando fino a piazza Fiume, avrei preso l'autobus per via Tagliamento.

Camminare a Roma mi piaceva. Me ne stavo con la testa per aria a guardare i cornicioni dei palazzi, e perdermi nella selva di antenne. Mi piaceva ascoltare gli insulti, sempre intelligenti e sempre grevi degli automobilisti, osservare gli uccelli appollaiati sugli alberi. Non era la piena stagione degli storni altrimenti l'unica soluzione per camminare e arrivare puliti a destinazione era girare con un ombrello, anche in pieno sole.

Strati di guano ed erbe spontanee si alzavano dai sampietrini o dalle crepe dell'asfalto e denunciavano il tempo di sosta delle automobili. Alcune erano ferme da tanto che le ruote erano ormai sgonfie. Altre, evidentemente scassinate, erano diventate un ricovero per senzatetto e dunque avevano l'aspetto di quelle auto al centro dei prati o negli anfratti, nelle macchie di arbusti con i finestrini oscurati di giornali e che ondeggiano perché qualcuno dentro ci fa l'amore. Queste, coi finestrini coperti da fogli ingialliti e talvolta laceri, stavano invece immobili come monumenti. E forse dei monumenti avevano la stessa funzione. Sapevi dove trovarli. Monumenti temporanei, ma comunque monumenti.

Avvocato Russo, mi rammarico che le contingenze nelle quali ci siamo incontrati non siano state delle migliori, ma credo che questa storia della rissa possiamo dichiararla chiusa con soddisfazione di entrambi, la ringrazio anche per essere venuta lei, è vero che c'è Osvaldo, ma alla mia età gli spostamenti sono onerosi.

Si figuri, avvocato Pontecorvo, le pare. Inoltre dovevo essere a Roma per altre faccende.

Si ferma stasera, Lea?, se sì, mi piacerebbe averla ospite.

La ringrazio, cerco di risolvere tutto in giornata, ho due bambine e non posso chiedere a mio marito di fare anche da madre, per quanto sia portato forse più di me.

Non dica cose che non crede.

Non dico cose che non credo.

In tal caso, i miei omaggi a suo marito, da quanto tempo state insieme?

Circa vent'anni, ma ci conosciamo da prima.

Anche lui di Scauri?

Sì, anche lui.

E cos'ha Scauri di tanto attraente perché le persone ci rimangano a vivere e altre ci si stabiliscano?

Se devo essere sincera, avvocato, penso dipenda da una certa grazia scomposta.

Che intende con una formula tanto poetica?

Ci sono ancora pochi architetti e ingegneri e dunque le case, che pure non rispettano alcun piano regolatore, non possono essere più alte di due piani, come sa pochi sono i piani concessi ai geometri e dunque questa strana fetta di lungomare pontino stretto tra l'acqua e le montagne e cinto da due promontori è un posto piacevole nel quale vivere. I professori delle mie figlie sono eccezionali, e i miei lo sono stati, quindi siamo preparati, andiamo a studiare fuori, vinciamo concorsi e dottorati, e poi torniamo in questa specie di mezzaluna di sabbia non troppo chiara e nemmeno troppo scura, una sabbia qualsiasi, che somiglia alla pozzolana. Passeggiamo tra le rovine romane dell'antica Minturnae, c'è un bellissimo capitello che non so fin quando durerà, o nel cimitero inglese che, se le capita, mostra nella disposizione delle sue tombe come funziona un impero coloniale, e osserviamo gli altri, lasciandoci osservare.

L'avvocato Pontecorvo mi aveva guardato accennando un sorriso la cui bonarietà non riuscivo a valutare, mi ero alzata e gli avevo teso la mano.

La convince come spiegazione per trasferirsi a Scauri?

No, ma è gradevole ascoltarla, avvocato Russo.

Posso chiederle una cosa?

Rispondere, come sa, è cortesia.

Quando ha conosciuto Mara?

La festa di cui le ho parlato, nel marzo del 1972, mio cugino Carlo si è presentato a casa mia con lei, avevamo dato una festa.

Suo cugino Carlo?

Sì, un uomo a cui piacevano le ragazze molto giovani e belle, e in quegli anni Mara lo era.

E Vittoria che pensava?

Anche di questo le ho già detto, ma non mi pare mi abbia inteso e così mi chiedo, avvocato Russo, cosa ne sappia lei della vita matrimoniale.

L'edificio di via Tagliamento 12 era una palazzina di tre piani in uno stile che forse si poteva definire neoclassico, la facciata giallo chiaro era scandita da lesene bianche leggermente sbalzate che terminavano in piatti capitelli che, a occhio, non venivano restaurati da qualche tempo. La distanza tra la casa e la strada era occupata da un lastricato di basoli dai quali spuntava un'erba di trifogli e forse quadrifogli. Probabilmente il giardino vero e proprio era sul retro. Si alzavano ai lati del cancello verde due colonne quadrate di pietra dello stesso colore della facciata, terminavano in una pigna. Sulla colonna di destra, il citofono. Quattro campanelli. Su tre dei quattro c'erano iniziali puntate. In tutti una delle iniziali era la D, sul quarto si leggeva soltanto Studio Medico. Avevo suonato, una voce metallica aveva detto Avanti, prima porta a sinistra dopo l'ingresso. Mi guardavo intorno cercando rassicurazioni e spunti, non sapevo cosa avrei detto, chiesto, fatto o preteso. Chi avrei trovato. La sala d'attesa era come la immaginavo. Sobria, luminosa e con le riviste sul tavolino. Avevo preso *Oggi* e mi ero messa a leggere. Che aspetto avrebbe avuto il dottor Dini? Quanti anni aveva? Mi ero fatta l'idea fosse un collega di Vittoria dei tempi dell'università.

Da una delle due porte che si aprivano sulla stanza, era uscita una donna poco più vecchia di me, o forse più vecchia di me, con una gonna al ginocchio color tortora, un maglioncino rosa e un paio di occhiali con la montatura azzurra. Tutto era pastello. Forse anche io, ma non me ne rendevo conto.

Signora Albrigi, si accomodi.

Non sono la signora Albrigi e non ho un appuntamento, volevo parlare col dottor Dini.

Non c'è più il dottore, è morto, c'è adesso la dottoressa Lanza, siamo qui da poco più di un mese.

Allora vorrei parlare con la dottoressa.

A che proposito?

Una mia amica, Vittoria Basile.

La dottoressa Lanza riceve solo su appuntamento.

Lo immagino, ma devo parlarle, sarà una cosa breve.

Aspetti un attimo.

Ero tornata a leggere *Oggi*, un articolo sui reali in esilio. Mi batteva forte il cuore. Ero nervosa, non sapevo né cosa aspettarmi né cosa, eventualmente, dire. Così, concentrata su me stessa non avevo pensato che la donna che mi si era seduta accanto potesse non essere la signora Albrigi in lieve ritardo, ma la dottoressa.

Lea immagino.

Sì?

Rebecca Lanza, benvenuta.

E la testa?

A casa mia, è tornata all'origine.

La dottoressa Lanza somigliava a mia nonna. Moltissimo. Era molto elegante, più sottile, più giovane anche, ma somigliava a mia nonna. La mamma di mio padre alla quale somigliavo io. La dottoressa Lanza e io, insomma, ci somigliavamo. Mi sentivo ghiacciare sulla sedia. Era questo il senso in cui piacevo a Vittoria?

Avevo chiuso gli occhi e li avevo riaperti. Li avevo chiusi ancora e a quel punto, nel buio, mi aveva raggiunto la voce della dottoressa. Non si preoccupi, e aveva aggiunto Gianna, porti all'avvocato Russo un bicchiere d'acqua.

La dottoressa Lanza sapeva un sacco di cose più di me e forse su di me. Vittoria le aveva parlato di me.

Da stamattina ho preso solo un caffè, dev'essere questo.

Capita, gode e soffre di pressione bassa?

Sì, avevo riso e così la dottoressa. Poi aveva sospirato.

Vittoria era malata. Aveva un tumore al pancreas che si era diagnosticata più o meno da sola poco più di sei mesi fa, non aveva voluto sentir parlare di operazioni o cure. Non che in questo tipo di malattie l'operazione garantisca una guarigione, e di certo non nella situazione di Vittoria, ma forse le avrebbe allungato la vita. Vittoria era certa che lei, Lea, prima o poi sarebbe arrivata, non credo immaginasse così presto, ma forse è più facile seguire le tracce quando sono fresche.

Chi altri sapeva della malattia di Vittoria?

Nessuno.

Nemmeno Mara?

Avvocato Russo, Vittoria non voleva che Mara ne fosse messa a parte.

E perché?

Non ha voluto dirmelo.

Non capisco.

Non è una donna della quale posso dire di aver capito molto.

Lei conosce Mara?

L'ho vista una volta sola, e non credo si ricordi di me, né che Vittoria le abbia parlato di me, Vittoria di suo non raccontava niente.

Perché non dovrebbe riconoscerla?

Sono passati molti anni e poi ero mascherata.

In che senso?

In senso proprio, eravamo a una festa in maschera, a casa di Vittoria e Giorgio, non le è mai capitato di andare a una festa in maschera?

Rebecca Lanza aveva qualcosa di asimmetrico negli occhi, erano come disallineati, motivo per cui mi sentivo avvolta dallo sguardo verde marcio di questa donna che aveva più o meno l'età di Vittoria, teneva in casa un gesso di Canova, una testa di Sibilla, e aveva incontrato Mara una sola volta, a una festa in maschera. L'avvocato Pontecorvo aveva detto che la festa era per i quarantatré anni di Vittoria.

Perché Vittoria ci teneva che avesse la testa?

Perché è mia, è sempre appartenuta alla famiglia.

E perché ce l'aveva Vittoria?

Era un pegno d'amore, un dono per quello che pensavo sarebbe stato il nostro legame eterno, non mi vergogno a parlare così perché immagino che tutti facciamo pensieri del genere. Ho smesso da tanti anni di credermi speciale.

Vittoria ha tenuto la testa quando tra voi è finita, e lei non l'ha chiesta indietro?

Prima di tutto era un regalo, poi immagino, anche se non ho avuto il coraggio di chiederglielo, che ogni mattina mi abbia pensato. Come definirebbe l'amore, avvocato, se non come l'oggetto del primo pensiero del mattino per ogni mattino della vita, io, di certo, ho pensato a lei ogni giorno.

Non lo so, dottoressa, non so definire l'amore, forse le mie figlie, non lo so.

Comunque, Vittoria si è lasciata morire o forse si è ammazzata, questo non posso dirglielo perché non ho visto il corpo, ma sapeva che stava morendo, e poiché la testa è tornata a palazzo, che era poi il modo in cui Vittoria definiva, nel suo modo un po' sprezzante, la casa della mia famiglia, immagino abbia sistemato tutto.

Chi l'ha avvertita della sua morte?

Brigida, la moglie di Carlo, un cugino di Giorgio morto qualche anno fa. Brigida e Mara hanno continuato a sentirsi, d'altronde, sa come ha scritto Shakespeare?

No.

Le cose che nascono nel male, nel male crescono.

Ma cosa era successo?

Sono combattuta, avvocato, da un lato so che non dovrei dirle niente, perché evidentemente Vittoria, nonostante tutto, non le ha detto niente della sua vita, dall'altro, poiché Vittoria non mi ha chiesto espressamente di non parlarne, mi sento autorizzata a farlo, ma non qui e non adesso, sto aspettando due pazienti e il mio lavoro è ancora fare il medico.

Lei dice che Vittoria può essersi tolta la vita?

Ne sono quasi certa, ovviamente, come le ho detto, non ne ho le prove.

Ma perché?

Credo per via di Mara, ma per rispondere davvero dovrei pensarci e non ne ho voglia.

E si è affogata nella vasca?

Scherza?, affogarsi, soffocarsi è difficilissimo. Vittoria ha sempre amato i veleni. Non faccia quell'espressione, amava per esempio anche il cumino, è un fantastico disinfettante intestinale, perciò è così diffuso in Oriente, serve anche per le mani, ci provi, avrà i palmi arancioni, molto chic, diceva Vittoria.

Seduta sulla piccola panca di pietra accanto agli scalini d'ingresso di via Tagliamento 12, guardavo l'erba tra i basoli per convincermi che in effetti erano trifogli, più piccoli di quelli che le bambine raccoglievano nei prati e sistemavano negli erbari. Vittoria probabilmente avrebbe saputo i nomi di questa specie, o varietà. O forse no, forse Vittoria era interessata alle erbe e alle piante e alle bacche velenose per altro, forse tutta la vita aveva pensato di avvelenarsi. Forse ci aveva già provato e non le era riuscito. Succede di fallire un suicidio. Aspettavo la dottoressa Lanza e pensavo a quante volte avevo incrociato Vittoria con buste di erbe che andava e veniva da sopra la salita, o dal mare, o dal Monte d'Oro. Non avevo mai pensato potesse essere interessata a fabbricare veleni. Se fabbricare era il verbo giusto. Faceva farmaci, d'altronde.

La cabina telefonica dall'altra parte della strada mi aveva fatto pensare a Silvia, a Giulia e a Luigi. A noi che avevamo vissuto accanto a una donna che curandoci avrebbe potuto ucciderci. La differenza tra veleno e farmaco. La proporzione. Mi ero trovata in tasca qualche moneta e avevo composto il numero di casa. A quell'ora dovevano esserci tutti e tre. Mi aveva risposto Paola. Luigi e le bambine erano usciti per una passeggiata. Il professore aveva un impegno e s'è purtat' 'e criatur'.

E dove andavano?

Le', ma secondo te mi metto a chiedere a tuo marito dove passa il tempo?, quell'è professore.

La venerazione di Paola, che somigliava a Wanna Marchi, nei confronti di Luigi era ridicola. Non era per lui, era per il titolo. L'avevo sentita dire dal verduraio, o al supermercato, Al professore piace questo, Al professore non piace quest'altro, nonostante fossi io a pagarle lo stipendio e fossi stata io ad assumerla perché Luigi, tra la fisica e il partito, non aveva tempo. Dunque, quei sentimenti di rispetto non dipendevano dal mestiere, sarebbero stati gli stessi, o maggiori, se Luigi avesse fatto l'avvocato o il medico, ma dal sesso. Paola portava rispetto ai maschi e delle femmine, me compresa, non si fidava. Portatori di colpa e portatori di pene. Mi chiedevo se le mie figlie avrebbero dovuto crescere come io ero cresciuta, in un mondo che non solo accettava questo ordine di idee, ma lo riteneva immutabile. Per Paola, io ero contro natura, violavo un ordine sociale, come lo ero per Filomena e per molta gente del paese che pure aveva amato Vittoria senza giudizi semplicemente perché veniva da fuori e faceva la farmacista. Probabilmente da un medico donna, che non fosse ginecologa, non si sarebbero fatti curare.

Stammi bene, Pa', ci vediamo domani.

Ciao, Le', ma che tempo fa a Roma, fa fridd'?

Come a Scauri.

Eh ma qua appena ti sposti al Nord le temperature scendono.

Tornata sulla piccola panca di pietra, avevo salutato le due donne visitate dalla dottoressa Lanza e visto la segretaria uscire, mi aveva rivolto un mezzo sorriso rispettoso. Fumando avevo atteso l'uscita della dottoressa.

Ah, magnifico!, mi offre una sigaretta che ho finito le mie? Le avevo porto il pacchetto ma mi aveva fermato. La prego, la prego, la accenda e me la passi, devo cercare le chiavi della macchina.

Mi ero trovata a infilarmi una sigaretta in bocca, a tenermi la borsa tra le ginocchia e ad armeggiare coi fiammiferi. Quando Rebecca aveva finalmente estratto le chiavi dalla borsa, si era voltata esultante. Poi, allungando una mano senza mai smettere di guardarmi negli occhi, mi aveva tolto la sigaretta dalla bocca e se l'era ficcata tra le labbra. Avevo sentito un tonfo. La borsa che tenevo tra le ginocchia era caduta.

Avvocato, andiamo, ho ancora tanto da dirle.

Non ho molto tempo, ho un treno da prendere.

Non è una storia semplice e non so quanto riuscirò a raccontarle, non mi metta fretta.

Ma io.

Vuole sapere la storia o no?, quella è la mia macchina.

Quando mi sarei trovata a mettere in fila la giornata, cosa che sarebbe successa nei giorni a venire più di una volta, avrei cominciato come stavo decidendo che sarebbe cominciata e cioè con me che mi stupisco perché non ho mai visto una macchina come quella di Rebecca Lanza. Nemmeno una donna che non fosse una mia amica intima, quindi solo Alba, forse Marisa, si era mai spinta ad avvicinarmi una mano alla bocca, togliermi la sigaretta dalle labbra e cominciare a fumarla. Questa sconosciuta l'aveva fatto. Chissà Marisa come stava, non la sentivo da giorni. Chissà se a Carla il gatto era piaciuto, o aveva capito che era mezzo falso.

Forse Rebecca seduceva la ragazza che era stata e che io le ricordavo.

Forse pensava a Vittoria, a me e a Vittoria.

Non so. Fatto sta che la macchina era una Alfa Romeo Duetto nera, lucidissima, con i sedili giallo limone. Preferisce vino o un cocktail?, non mi dica che è astemia.

No, no, bevo, bevo.

E allora vino o cocktail?

Non mi metta fretta, dottoressa, le avevo risposto sorridendo.

Avevo aperto la portiera senza accorgermi che la decappottabile, i pini a ombrello che trasformavano il cielo in un arcipelago di pozzanghere azzurro pallido, il rumore delle ruote sui sampietrini come chicchi di mais che saltano, il ricordo del profumo di Vittoria tra le dita della dottoressa Lanza che mi sfilavano la sigaretta dalle labbra facendomi provare nostalgia di qualcosa che non era e non sarebbe mai accaduto, tutte queste cose insieme e una per una mi avevano fatto cadere nella trappola che cominciavo a intravedere in questa storia e cioè che premura e seduzione hanno gli stessi gesti. Farmaco e veleno.

La frenata mi aveva scosso.

Dove siamo?

Al Locarno, a Vittoria piaceva.

Che cosa?

L'albergo e anche il bar, sa, non c'erano molti posti a Roma, a metà degli anni Quaranta, finita la guerra, dove affittavano una stanza d'albergo a due ragazze, per i maschi era più difficile certo, noi poi avevamo quell'aria di buona famiglia che tiene lontani i sospetti, anche se io sono sempre andata vestita come mi vede adesso.

La vedo vestita normale.

Mi ero sentita guardata prima dall'uomo alla porta, poi da quello alla reception, poi da due cameriere ai piani che entravano in un corridoio di servizio, frettolose, e infine dal barista che aveva chiesto, senza nemmeno alzare gli occhi, Per te un Martini, per la tua amica?, Un gin tonic, mi ero sentita rispondere. Preferenze sul gin?, aveva chiesto quello dietro al bancone sancendo con la domanda la mia estraneità. Beefeater rosso, aveva detto sicura Rebecca.

Ti dicevo che venivamo qui perché ci piaceva stare da Rosati in piazza fino a tardi, e perché ci ricordava Parigi, eravamo state a Parigi tre mesi nell'estate del '46 e lì c'eravamo innamorate. Di certo io mi ero innamorata di Vittoria, ma immagino non ti abbia mai parlato di me.

Non mi ha mai parlato di nessuno.

Mi chiedevo se l'immagine di quella ragazza sconosciuta seduta al bar Rosati negli anni Quaranta avrebbe mai somigliato alla donna che avevo conosciuto, in che modo e quanto. Mi chiedevo soprattutto se la donna di cui parlava Rebecca, con una tranquillità che non pensavo potesse esistere in persone che vivevano quel tipo di vita, una vita diversa, fuori da un sistema di diritti e doveri, soprattutto escluse dai diritti, fosse morta o dovessi ancora conoscerla. Che stesse per arrivare, uscire dalla porta, entrare nel giardino, sedersi sotto la pergola senza foglie, forse un glicine, prendere posto su un cuscino candido messo lì per ammorbidire le poltrone di ferro e i loro schienali, e mi dicesse semplicemente Mi fai accendere? Avrebbe ordinato un kir, oppure anche il kir era una cosa di Scauri? Avevo anche imparato presto che, in effetti, Vittoria aveva fumato per tutta la vita, fumava ancora, anche se io non l'avevo mai vista.

Ma secondo lei Vittoria a Scauri recitava una parte?

Non capisco la domanda, avvocato, Vittoria è esattamente la donna che ha conosciuto.

No, dottoressa Lanza, non credo, la donna che ho conosciuto non era una strega che fabbricava veleni con i quali uccidersi.

Per favore, i veleni e i farmaci hanno gli stessi principi, dipende dalla quantità.

Sì, ma.

Sì, ma cosa?, una donna, un medico, un bravissimo medico che sa di non avere speranza, non ha forse il diritto di risparmiarsi e risparmiare a quelli che ha intorno tutte le sofferenze che decide di non essere in grado di sopportare?, non dovremmo avere tutti questo diritto?

Non mi ha mai dato l'impressione di una donna che si sarebbe ammazzata, era piena di amici, era stimata e direi amata a Scauri.

Avvocato Russo, la vita è più grande di Scauri, questo potrà concedermelo.

E quindi vi siete laureate entrambe in Medicina.

Sì, Vittoria un anno prima e con voti migliori, è subito partita per l'America, mi ha detto Vado in America come dicesse Vado a Ostia, all'Antica Pineta, c'è mai stata?, eccellente ristorante. Insomma, le ho chiesto Quando torni?, mi ha baciata e mi ha detto Presto, tu pensa a laurearti. Mi sentivo una bambina.

Ed è tornata presto?

Tre anni dopo, si era sposata con Giorgio, in Messico.

Ma non si erano sposati a Londra?

Questo è quello che racconta Giorgio, il Messico gli sembrava troppo povero come posto, precario, ambiguo, troppo assolato anche.

E lei come l'ha presa?

Sono andata a cena quando mi ha invitata per presentarmi il marito.

E cosa è successo?

Niente, che doveva succedere?, Giorgio sapeva tutto, immagino, e immagino non gli dispiacesse.

Che sta cercando di dirmi?

Niente, avvocato, non ho nessun motivo di girarci intorno, Vittoria è la donna che ho amato nella mia giovinezza, e se non fosse patetico le direi che ancora la amo, ma è morta e io approfitto per parlarne con lei che l'ha vista spesso negli ultimi vent'anni, anzi, mi aspetto dica qualcosa che ignoro così che possa illudermi che Vittoria sia ancora viva, per un momento, ingannare il mio vecchio cervello che c'è ancora tempo, pur sapendo invece, se mi va bene, che ho più alcol che tempo, e questo comunque non è male. Ho detto che a Giorgio non dispiaceva, per quello che ho imparato negli anni successivi, fino a quando non è arrivata Mara.

Ma che cosa non dispiaceva all'avvocato Pontecorvo?

So che lo ha conosciuto, non si inquieti, non la spio, è sempre per via di Brigida, mi ha detto di una zuffa con protagonista il delfino di casa Pontecorvo d'Aquino, tendo a divagare, mi perdoni. Non gli dispiaceva che a sua moglie piacessero le donne, lo eccitava, d'altronde, come me e come molti era innamorato di Vittoria, di quei suoi movimenti da animale selvatico, o da gatto, sempre in punta di piedi, sorniona, mimetica come un giaguaro, e predatrice quanto lui, scampanellante come una farfalla, pure.

E quindi?

Quindi a casa loro si entrava per una festa vestiti in un certo modo e se ne usciva vestiti in altro. O nudi.

E Vittoria?

Vittoria cosa?, che domande fa?, la regina della festa, eravamo giovani, era divertentissimo, l'Aids era lontanissimo, sono tornata a casa nuda in Cinquecento almeno due volte. Una mattina era così tardi, o così presto, che non sono riuscita a passare a palazzo, avevo il turno in ospedale, così sono arrivata in reparto nuda, passando dal retro però, non creda, e ai due infermieri che ho incontrato ho intimato di darmi un camice perché mi avevano rubato i vestiti sulla spiaggia a Fregene. Da allora, sono diventata la dottoressa che fa il bagno nuda. Erano anni allegri. Ancora adesso sono la dottoressa che fa il bagno nuda, non è divertente?

Non ho mai fatto il bagno nuda.

Ma che dice, Lea!, bisogna recuperare. Comunque, anche a Vittoria piaceva il mare, moltissimo, le è sempre piaciuto. Forse non lo sa, avvocato, ma la nonna materna di Vittoria era veneziana, Vittoria ha passato gli anni della guerra a Pellestrina, era un posto sicuro.

Non ci sono mai stata, dottoressa, sono stata a Venezia una volta, finita la scuola, ma a Venezia

Venezia, San Marco, insomma, Ponte di Rialto, così.

Comunque, avvocato Russo, Pellestrina è una striscia di sabbia e tamerici che non riescono nemmeno a fare ombra, c'è poco altro, qualche campanile, molta laguna, Vittoria ci andava con la nonna, credo sia ancora così, un posto senza stabilimenti, selvaggio, qualche scogliera, capanni di legni lasciati dal mare sulla spiaggia, lastroni di pietra poggiati per proteggere la Serenissima, pescatori, vecchie isolette fortificate usate forse come polveriere. Si mangiava a poco, si beveva ancora a meno, i portoni delle chiese erano aperti, i cognomi si rincorrevano uguali nelle voci di strada. Mi mostrava le foto, Vittoria bambina era uguale, stessa faccia, quel bel naso, insomma, ci sono stata una volta con lei, era felice, saltava sulle onde, una volta saltava tanto che ha perso il costume, tette al vento, portava quelle fasce senza mai annodarsele al collo. Poi alla fine ci siamo tolte il costume, eravamo giovani, sulla spiaggia non c'era nessuno. Quando siamo arrivate a Scauri per la prima volta, più di quarant'anni fa, mi aveva detto che le ricordava la spiaggia della sua infanzia, come facesse il Tirreno a ricordarle l'alto Adriatico non lo so, ma sa, sono i sentimenti che fanno somigliare le cose, quasi solo i sentimenti. A me piaceva di più la Spiaggia dei Sassolini, ma io sono più da scoglio. Deve andare a Pellestrina, una volta, mi creda.

Rebecca, mi perdoni se torno alle feste, ma perché ci andava?

Mi divertivo e non avevo altro modo per stare con Vittoria, toccarla, baciarla, non voleva vedermi da sola e credo pure le desse fastidio, in qualche modo che non sono mai riuscita veramente a capire, che fossi andata a vivere con la donna con cui vivo ancora, non credo fosse gelosia, era possesso, un possesso pigro, certo, ma Vittoria era possessiva.

E la ama?

Elisabetta?, certo che la amo, come si può stare per quasi quarant'anni con qualcuno senza amarlo?

Senso del dovere?

Anche, certo, può essere, ma per quanto mi riguarda, so di non avere più la possibilità anagrafica di amare qualcuno per quarant'anni, perché non ne ho quaranta, anche se adesso mi innamorassi di lei, faccio tutti i controlli e mi modero, quanti altri anni posso avere davanti, dieci?, speriamo dieci buoni?, otto buoni e due meno?, me ne andrei scegliendo la via di Vittoria.

Che via?

Morire quando ancora è possibile sedurre qualcuno ed essere certi che a quel qualcuno mancheremo per un po' di tempo, che quel qualcuno ci cercherà quando pure a noi non interessa più trovarci. Mi mette una grande allegria, e in fondo non mi meraviglia, Lea, che Vittoria a più di sessant'anni sia riuscita in qualcosa di impossibile per la maggior parte delle persone.

Che cosa?

Essere oggetto di sincera curiosità.

Vuol dire che è andata a letto anche con Giorgio?

Sì, più volte, ma non mi ricordo niente, Giorgio, Carlo, Filippo, chi lo sa più?, è importante?, no, una cosa me la ricordo.

Quale, se posso?

La prima volta mi sono tolta solo le mutande.

E Vittoria?

Si è chinata a baciarmi e mi ha chiesto perché non avessi portato Elisabetta.

E perché no?

Elisabetta non ha mai avuto interesse per questo genere di cose.

E non le dava fastidio che interessassero a lei?

Non siamo mai state persone convenzionali e nemmeno comuniste o moraliste.

E perché pensa che a Vittoria desse fastidio la sua convivenza?

Perché credo pensasse che non le avrei mai chiesto di vivere insieme per via della mia famiglia.

Cosa aveva la sua famiglia?

Non beve, avvocato?, il gin tonic si riscalda.

Non fa caldo.
No, non fa caldo, ma beva un sorso, non mi faccia ubriacare da sola, e mi accenda un'altra sigaretta.
Deve cercare altre chiavi?
Non mi piace accendermi le sigarette, e nemmeno aprire i mandarini o le arance, non mi piace quell'aspro della prima boccata e della buccia.
In tal caso.
Lo diceva sempre Vittoria.
Me lo ha detto il marito.
È un intercalare di Vittoria. Non lo usi, non è una espressione simpatica.
Perché?
Ci pensi.
Dopo, dottoressa Lanza, adesso torniamo alla sua famiglia.
Allora, Lea, Vittoria pensava fossero troppo nobili per consentirmi il colpo di testa di vivere con una donna e invece no, non ha mai capito niente dell'aristocrazia, le piacevano gli artisti, gli scienziati, la razza sacra insomma, pensava che i ricchi fossero cretini, quasi tutti, devo aggiungere tuttavia che a mia madre Vittoria non piaceva, ma non era omofoba, come si dice oggi, non credo più di tanti altri, non le piaceva proprio Vittoria, ma non riusciva a dirlo, non c'era l'abitudine sociale o culturale, scelga lei, a parlare di una

donna come fidanzata di un'altra donna, con i miei fidanzati maschi era sempre feroce, vuole un altro gin tonic?

No, per adesso no, fumo una sigaretta. E che c'entra Mara?

I passatempi, avvocato Russo, diventano vizi con estrema facilità, e a un certo punto all'avvocato Pontecorvo non bastavano più gli amici, credo che a quel punto, siamo forse nel 1972, Vittoria avrebbe anche smesso, avrebbe fatto di lì a poco il concorso da professore ordinario, una donna professore ordinario in una facoltà da uomini, altro che delitto d'onore, matrimonio omosessuale e adozioni per le madri single, si parlava di una vera rivoluzione, altro che Sessantotto, Vittoria era di un femminismo radicale, quella cattedra scardinava un castello antichissimo, creava un precedente, insomma, credo Vittoria lo sapesse, credo che, nonostante tendesse a smitizzare tutto, si rendesse conto che era un fatto importante, non che dovesse rivendicare qualcosa, non le piacevano le categorie, forse gli artisti o gli scienziati sì, come le dicevo, Vittoria veniva da una famiglia di professionisti che non avevano mai avuto accesso all'accademia, le solite orrende leggi razziali, non erano dalla parte giusta della storia, e le istituzioni hanno buona memoria, quelle che si chiamano istituzioni totali almeno, tra le quali io ci metto pure l'università, e la nostra in particolare, e insomma, una sera, la sera in cui io ho visto Mara e in cui ero vestita da moschettiere, con un paio di calzini nelle mutande perché tutto sembrasse ciò che era.

Quale moschettiere?

Athos.

Non lo sceglie mai nessuno.

Pochi, come le dicevo, capiscono l'aristocrazia. Insomma, alla festa in maschera è arrivata questa ragazza giovanissima, sembrava molto più giovane della sua età, vestita da campanula bianca, bellissima, Mara era bellissima, non la vedo da allora, ma era un incanto, e questo incanto in me e credo anche in Vittoria ha procurato un turbamento, e in molte delle donne presenti, vestite da uomo o da donna, con o senza i calzini a imbottire le mutande. Non aveva a che fare con la seduzione, ma col toccare e subito dopo col proteggere, col raccogliere, per restare nell'idea del fiore, non so dirle, d'altronde la purezza deve essere violata, era strano, anche perché Mara non aveva mai fatto altro nella vita.

Altro cosa?

La puttana, avvocato Russo, Mara di professione, fino a quando non ha incontrato Vittoria, esercitava meretricio, come si diceva una volta, cosa per la quale, sia chiaro, non la giudico, ognuno del proprio corpo fa ciò che vuole. Però quella sera Giorgio era molto ubriaco, e molto affascinato, come tutti, mi creda lo eravamo tutti, da questa campanula bianca, sottile, voluttuosa, un fiore di datura, a proposito di piante velenose, e nonostante la ragazza avesse fatto qualche resistenza perché voleva ballare, sa come siamo tutti, vogliamo ballare, Giorgio l'aveva afferrata, come colta, strappata alla liana sulla quale si era arrampicato quel fiore, e si era chiuso in camera con lei. Io credo che Mara volesse essere colta, ma volesse pure poter dire basta. Carlo, il cugino adorato di Giorgio col quale Mara era arrivata, aveva provato a forzare la porta, a bussare, ma niente. L'abbiamo sentita prima gridare, poi piangere, poi Giorgio è uscito lasciando la porta aperta alle spalle e in tre o quattro siamo corsi dentro. Mara aveva i vestiti strappati e se ne stava in un angolo con una porcellana di Limoges in mano, una fanciulla che regge un cesto di fiori, è un'altra cosa che non ho dimenticato. Sul comodino un mazzetto di banconote. Vittoria se ne era presa cura per tutti questi anni. Vittoria è una che si prende cura, non che si fa curare.

Il primo treno dalla stazione di Roma Termini, la mattina, parte per Scauri-Minturno. Mi era capitato di prenderlo una volta sola quando, con mio fratello, ero andata a Venezia e poi a Firenze dopo il mio esame di maturità. Avevamo passato una parte della notte sulle panchine di legno di Santa Maria Novella e avevamo preso, forse senza biglietto, o forse sì ma senza il supplemento rapido, un intercity notturno. Eravamo arrivati a Termini verso le quattro. Non ho visto molte stazioni, ma penso Termini sia bellissima. Poi, non importa quante cose si sono viste, quante persone si sono amate, quanti figli uno ha avuto la fortuna di avere o non avere, non tutto è comparativo.

Quella mattina alle quattro quando il rapido si è fermato al binario 12 o 13, ambitissimi binari centrali, e ho visto, mentre la città si svegliava, se mai era andata a dormire, i corpi laterali di marmo, bianchi come denti in mezzo a quelle strane carie marroni o piombature del tempio di Minerva medica lungo via Giolitti, e di Porta Maggiore, e le torrette e i palazzi intorno, dalle cui terrazze ci si poteva stranire o addirittura impazzire guardando l'intrico liquido del ferro dei binari, quella mattina, Termini e io ci siamo innamorate, credo ricambiate perché non mi è mai successo niente, e l'amore non è mai finito.

Così, mentre ubriaca delle parole di Rebecca ancor più che del gin tonic aspettavo l'ultimo treno per Scauri, mi dicevo che non avevo nulla da temere e che non c'era necessità di chiamare Luigi col rischio che il telefono svegliasse le bambine.

Contavo di essere a casa per l'una e che gli avrei raccontato tutto.

Pur non sapendo cosa fosse tutto, forse raccontando lo avrei capito.

La prima volta che avevo portato le bambine a Roma, eravamo andate alla Città del Vaticano, entrando Silvia si era fatta il segno della croce, Giulia era piccola e credo fosse nella fase in cui la cosa più avventurosa da esplorare è il proprio naso.

Quando l'anno dopo eravamo andate a Firenze, da due zii di Luigi molto simpatici, Silvia mi aveva chiesto perché Firenze Santa Maria Novella non si chiama Termini, visto che i binari finiscono. La domanda non me l'ero mai posta, e neanche Luigi, succedeva raramente, aveva una ipotesi. Era facile immaginare che quella denominazione, come accadeva spesso per le stazioni, avesse natura geografica. Ma Silvia, convinta della sua intuizione, continuava a dire a tutti che era scesa col treno a Firenze Termini.

Qualche anno dopo, avevo rievocato l'aneddoto con Vittoria, l'avevo incontrata alla stazione, una delle due tornava da Roma. Indossava uno strano piumino con uno strano pellicciotto all'interno, una specie di Barbour. Ma grigio.

L'imbottitura del Barbour, detta anche cane morto, era componente fondamentale del costume dei pastorelli nel presepe vivente in chiesa la notte di Natale. La cosa faceva ridere Luigi perché di solito i figli delle famiglie più ricche, con gli occhi cerulei e i ricci biondi, interpretano ruoli da angioletti o da Gesù Giuseppe e Maria, mentre a Scauri, essendo gli abbienti gli unici dotati del prestigioso capospalla inglese, facevano i pastori.

Il Barbour di Vittoria era più lungo, aveva qualcosa del cacciatore o del pescatore. Rispondendo a una domanda sulle bambine, avevo raccontato di Firenze Termini e lei mi aveva detto che certo, la mia ipotesi era giusta, Termini è un genitivo locativo, delle Terme. Per le Terme di Diocleziano che sono appena fuori. E sono pure molto belle, gli spazi lo sono, se non ci sei mai andata, vai.

Mi sarebbe sempre piaciuto, ci pensavo adesso, proporre a Vittoria una gita, o che lei me la proponesse, era successo una volta, mi aveva invitata in barca, ma quel giro non lo avevamo mai fatto. Forse programmare non serve, forse programmare crea un obbligo che subito diventa lavorativo o emotivo, programmare toglie leggerezza e Vittoria mi era sempre sembrata una capace di dire Vai e non Andiamo. O forse, pensavo adesso che sapevo del marito, delle feste, di Rebecca, di Mara stessa, Vittoria aveva usato quel noi tante volte da non averne più voglia.

Avevamo avuto pomeriggi e mattine, qualche caffè e qualche pranzo e nemmeno una notte.

Cosa sarebbe accaduto di notte.

Il treno, senza ritardi, era arrivato a Scauri sul binario 2, dal quale per uscire dalla stazione bisognava attraversare il binario 1. Non c'era né sottopasso né soprappasso. Eravamo scesi solo il capotreno e io. Entrambi, nell'attraversare, avevamo guardato a destra e a sinistra. Il treno sarebbe ripartito la mattina dopo, il capo e io ci eravamo fatti un cenno silenzioso di saluto e credo di buonanotte. Sul piazzale della stazione la mia macchina dormiva. Era una Seat Ibiza verde smeraldo. La luce al dopolavoro ferroviario era ancora accesa, ma non era il caso di bussare adesso e forse non indicava la presenza, ma la dimenticanza di qualcuno.

In questa sala ci sarà sempre una luce accesa per te, avevo pregato per Vittoria, senza sapere se avrei saputo mantenere, almeno a me stessa, quella promessa.

Luigi mi aveva accolto con una scenata. Silenziosa e mimata, perché Silvia e Giulia dormivano. La lite era partita quando, entrata in casa, gli avevo mandato un bacio e avevo fatto un segno, come di torno subito, e mi ero precipitata nella stanza delle bambine. Avevo aperto la porta e guardato le mie figlie. Silvia dormiva a pancia sotto completamente coperta da lenzuolo e pleid e Giulia dormiva come una cimice ribaltata sul carapace, con le braccia in alto, squadernate. Mi aveva assalito una tenerezza cupa, la consapevolezza che non sarei mai più stata sola nella vita, e l'ansia che, a un certo punto, e speriamo sia così, sarebbero state sole loro. Sole senza di me. Prima che riuscissi a chiudere la porta Luigi mi aveva tirato per la manica, mi aveva fatto segno di stare zitta e mi aveva trascinata in salotto.

Ma che modi sono?

Ti sembra l'ora di rientrare?, dove sei stata?

A lavorare, ma sei scemo?

Fino all'una?

Ero a Roma.

Perché non mi hai avvertito?

Ti ho chiamato nel pomeriggio, chiedi alla tua adorata Paola, eri fuori con le bambine per qualche faccenda delle tue.

Alle sette ero a casa a mettere a tavola la cena.

Se io ti rinfacciassi tutte le volte che metto la cena a tavola.

Che c'entra, tu sei.

Io sono?, non lo dire, guarda, studi, apertura mentale, chiacchiere, e poi mi dici che tocca a me perché sono donna e sono madre?

Adesso non ti mettere a fare la vittima, o peggio, la femminista, sei rientrata quasi all'una di notte e sai di gin.

Che fai, mi controlli?

Chiedere è controllare?

Con quel tono minaccioso e dopo avermi strattonato?

Mi vuoi portare in tribunale, avvocato?

Ma mo' perché stai facendo questa scenata?

Perché sono tuo marito e vorrei sapere dove cazzo finisci per un giorno intero senza che io sappia niente. Pure i coinquilini si avvertono porca miseria.

Sono andata a chiudere la faccenda di Riccardo, te la ricordi la rissa del figlio del ferramenta?, va bene che te ne frega solo delle cose tue, ma non è passata manco una settimana.

Una giornata intera per firmare una carta?

No, non solo per fare questo.

E che altro?

Si era messo a sedere con le gambe allargate e le braccia incrociate, pareva furioso, mi veniva da ridere. E mi innervosiva, un bambino imbronciato di quarantadue anni. Ero andata in cucina, avevo aperto una lattina di birra e cominciato a berla. La birra mi piaceva. Luigi, senza alzarsi, aveva bofonchiato, ma con un tono che non riuscivo a capire quanto fosse sfottò e quanto realmente risentito aveva detto Non porti una birra a tuo marito?

Così ne avevo presa un'altra, l'avevo aperta e, arrivata al divano, gliel'avevo rovesciata in testa. Aveva urlato. Gli facevo segno di star zitto che le bambine dormivano, ridevo come una iena. Ridono le iene? Aveva provato a tirarmi uno schiaffo, lo avevo schivato e con un calcio lo avevo spinto sul divano. Un calcio gentile. Si era rimesso in piedi come una molla, mi aveva afferrato le braccia, sollevato da terra e appesa al muro. Continuavo a scalciare e lui continuava a stringere, ci guardavamo pieni d'odio.

Come siamo passati dal furore alle risate non lo so. L'amore o il sesto senso, il ridicolo, ci aveva salvati ancora una volta. Il senso, o l'istinto, del ridicolo.

Mi chiedo, avvocato Russo, cosa ne sappia lei della vita matrimoniale. Concorderà con me che il mondo è più grande di Scauri.

Mi lasci adesso?

Mi dici che hai fatto?

Ho trovato un biglietto del treno in uno dei pantaloni di Vittoria, quelli che mi ha regalato Mara.

E allora?

C'era un indirizzo, e ci sono andata.

Ma perché?

Si è suicidata, Lui'.

Che vai dicendo?

Vittoria si è ammazzata.

E perché?

Era malata.

E chi lo sapeva?

Nessuno.

E chi te lo ha detto?

La dottoressa da cui era, diciamo così, in cura.

Quella dell'indirizzo?

Sì, che era poi la Rebecca del testamento. Le coincidenze non esistono.

E perché sai di gin?

Mi ha portato a bere in un albergo bellissimo, il Locarno, vicino a piazza del Popolo.

Una cosa da signori.

Siamo in un mondo di signori, Luigi, non ce n'eravamo accorti ma Vittoria era una signora, io me n'ero accorta e però pensavo fosse una cosa spirituale.

Non solo.

Non è una cosa che ha a che fare con la ricchezza comunque.

No, certo, Lea, però.

La cosa più strana di tutte è che Rebecca mi assomiglia, cioè, io assomiglio a lei.

E che c'entra?

Forse che ci piacciono sempre le stesse cose, vatti ad asciugare che altrimenti con quei capelli bagnati di birra prendi freddo.

In piedi davanti allo specchio del bagno con indosso le mutande di pizzo che forse erano state di Vittoria, fumavo e non riuscivo a guardarmi negli occhi. La notte avevo sognato le palme. Ma non quelle sul lungomare di Scauri, poco più alte degli oleandri e di certo meno floride. Palme del deserto. Un'oasi come nei film o sulla settimana enigmistica. Guardavo cadere i frutti delle palme che parevano pepite d'oro. Mi arrivavano addosso e senza alcun tonfo o fastidio mi lasciavano sulla pelle una bava dorata. Chiudevo gli occhi e mi godevo quella inaspettata pioggia tiepida. Lontano, piante di cotone. Forse ero vicina al Nilo. Distratta da un rumore, distoglievo lo sguardo e vedevo Vittoria, seduta sulla riva di una pozza che versava acqua da una brocca. Mi avvicinavo e le chiedevo Perché? Vittoria sorrideva, deponeva la brocca, mi prendeva il viso tra le mani, mi baciava. Io chiudevo ancora gli occhi. Nel sogno ero felice. Ancora un rumore, una voce, due voci. Staccavo le labbra da quelle di Vittoria e mi guardavo intorno. Le mie figlie correvano verso di me, voltandosi spesso, come se qualcosa le inseguisse, forse qualcuno. Sorridevo, arrossendo, a Vittoria per congedarmi e cominciavo a camminare, dopo un poco cadevo, mi rialzavo, inciampavo, le bambine correvano senza raggiungermi, io neppure riuscivo a raggiungerle. Alla terza caduta capivo di avere un laccio di caucciù al piede, chiuso da due piccole maglie d'argento. Il bracciale con cui era stata seppellita Vittoria che usciva dalla terra e alla terra mi legava.

La domenica mattina, inquieta, mentre tutti ancora dormivano mi ero messa a preparare il brodo di gallina. Ne tenevo sempre una in congelatore. Avevo pelato le carote, sfogliato il sedano, schiacciato l'aglio, aggiunto una radice di zenzero e una scorza di parmigiano dalla quale avevo grattato via la cera, due bacche di ginepro e qualche seme di cumino. Avevo pulito una cipolla e mi era venuto da piangere. Avevo pianto. Quando nella cipolla avevo conficcato i chiodi di garofano, Silvia era arrivata, coi segni del cuscino sulla faccia, gli occhi mezzi chiusi e mi aveva abbracciato. Avevo alzato le mani che sapevano di cipolla e mi ero abbassata a baciarle la testa. Profumava di Baby Johnson's. Felice avevo acceso il fornello, mi ero lavata le mani e l'avevo presa in braccio, si era accucciata tra il collo e la spalla per rimettersi a dormire. Avevo sentito i piccoli passi frenetici di Giulia che era comparsa ed era salita su una sedia, in piedi, per abbracciare sia me che sua sorella. Ero stata felice, ancora avevo messo il naso tra i capelli di Giulia e avevo sentito odore di latte.

Su, mettetevi a sedere che vi preparo la colazione.

Silvia e Giulia, intorno al tavolo sul quale c'erano ancora gli scarti di verdure e le spezie, si erano messe a giocare con i chiodi di garofano. Giulia aveva starnutito e Silvia aveva detto Adesso ti curo, me lo ha insegnato Vittoria.

Mi ero voltata con una sensazione di panico.

Vittoria curava il raffreddore coi chiodi di garofano?

Sì, mamma. Devi prendere un chiodo di garofano e lo devi mettere su un fiammifero acceso, la testa del chiodo di garofano scoppia, come un pop-corn. Poi prendi il gambo del chiodo di garofano, lo metti nell'acqua, conti fino a sette, e bevi due sorsi. E vedi che la febbre e il raffreddore ti passano.

Dai, mamma, proviamo!, aveva esultato Giulia starnutendo.

Avevo riempito un bicchiere d'acqua, acceso il fornello piccolo, preso un chiodo di garofano e lo avevo tenuto sul fuoco. La testa del chiodo di garofano era scoppiata come un pop-corn. Avevo buttato il gambo nel bicchiere, contato fino a sette e detto a Giulia di bere. Giulia aveva bevuto. Silvia continuava a usare la scatola di chiodi di garofano come una maracas e Luigi, entrando in cucina, aveva detto allegro C'è vin brulè per colazione?

Papà, papà stiamo curando il raffreddore di Giulia come ci ha insegnato Vittoria.

Luigi mi aveva guardata, poi aveva guardato il soffitto. Prima i tuoi col pendolino, e adesso l'incantesimo della signora. Io non ce la posso fare con la superstizione, Le'.

Nonostante il ferramenta e sua moglie sembrassero soddisfatti, e Riccardo si comportasse in modo più educato della volta precedente, uscendo dal negozio mi sembrava fosse rimasto qualcosa di irrisolto. Il mattino era fresco, era presto, e già c'era qualcosa di irrisolto.

Mi ero stranita perché, entrando, avevo sentito odore di caffè e latte, biscotti, in un'aria densa di stanza da letto. Sapevo che vivevano al piano di sopra, che la porta a destra del bancone dava direttamente sulle scale che arrivavano in casa, ma quell'improvviso odore di famiglia in un esercizio aperto al pubblico mi aveva disgustata. Mi sentivo fuori posto come quegli odori. Mi avevano ringraziato e chiesto l'onorario, gli avevo risposto che gli avrei fatto avere tutto dalla mia segretaria e mi ero raccomandata con Riccardo di stare attento, gli avevo augurato, con quei soldi, di poter frequentare l'università in una maniera più comoda e forse meno pendolare di come l'avevo fatta io. Io e molti altri. La moda di prendere casa a Napoli o a Roma per gli scauresi era cominciata da poco. Portandosi dietro, come dimostrava la storia di Carla, la figlia di Alba, altri optional, per usare il linguaggio dei concessionari, un gatto egizio per esempio.

Mi chiedevo cosa avrebbero studiato le mie figlie, se lo avrebbero fatto, se mi avrebbero chiesto di affittare una stanza e dove, se invece avrebbero espresso il desiderio di studiare fuori, all'estero. Luigi e io avevamo ancora qualche anno per riflettere.

O forse non serviva riflettere, ma solo campare.

Davanti al mio studio, i miei piedi non si erano fermati. Avevano continuato a muoversi fino a piazza Rotelli dove fremevano i pettegolezzi dei pensionati mattutini, e dove le beghine, in fila indiana, si predisponevano a entrare in chiesa e funestare padre Michele con richieste di piccoli prestiti, benedizioni, messe di trigesimo o perpetue, citazioni di parenti morti, e ancora pettegolezzi che tuttavia padre Michele, il quale coltivava un certo gusto per i fatti degli altri, ascoltava con devozione. A Luigi e me padre Michele era piaciuto subito perché, appena arrivato, aveva affisso non nella bacheca ma al portone della chiesa il bilancio della parrocchia, e tutti avevamo imparato che, per ogni anima, al prete venivano corrisposte circa millecento lire, potevamo sapere a quanto ammontavano le offerte e le spese, quanto la parrocchia spendeva per organizzare pellegrinaggi e iniziative per i bambini, il numero e i costi di funerali, battesimi e matrimoni.

Luigi si divertiva perché diceva che la statistica era nata proprio sui registri delle chiese.

Padre Michele era un vero comunista statalista, e così Luigi, che non avrebbe voluto sposarsi in chiesa, aveva trovato la motivazione per accontentare i nostri genitori che volevano andassimo all'altare. Mia madre credeva non esistesse altro matrimonio, e così mio padre, i suoi non l'ho mai capito, ma immagino che alla notizia del rito civile avrebbero reagito anche peggio.

I genitori di Luigi erano più agiati dei miei, non lavoravano la terra, ma appartenevano, nonostante non lo fossero del tutto loro due personalmente, soprattutto mio suocero, a quella borghesia piccola o grande, gretta o illuminata, la cui coscienza di classe consiste nel sapere che tutto si può comprare e, in generale, con qualche sacrificio, si può partecipare alla fiera che trasforma la vita in soldi. Soprattutto è possibile fare le rate e accendere mutui. Camminando e immaginando, ero arrivata davanti alla stazione ferroviaria, pronta a gettare una bomba contro il capitale. Anche questa volta non lo avrei fatto.

Avevo osservato il caseggiato bianco di fronte alla stazione sul terrazzo del quale c'era un ristorante chiamato Paradiso. I tavoli del Paradiso, estate e inverno, stavano sotto un pergolato di foglie, una particolare vite americana di cui Vittoria molti anni prima mi aveva detto il nome ma che avevo dimenticato.

Quale fosse l'effetto su un viaggiatore, un passeggero, un avventore sceso alla fermata sbagliata, per distrazione o sonno, dovendo andare a Formia o a Sessa Aurunca, le due stazioni immediatamente successive, Formia in direzione Roma e Sessa in direzione Napoli, quale fosse l'effetto, scendendo e leggendo PARADISO, come le onoranze funebri, di fronte alla stazione, non sapevo dirlo, non mi era mai capitato di assistere, ma immagino consistesse nell'attraversare, salire le scale esterne, arrivare in Paradiso e ordinare un bicchiere di vino bianco. Ristorante Paradiso. Voi che siete qui sotto di passaggio desiosi di gustar buone pietanze salite lietamente a farne assaggio. Così recitava la targa di marmo sul muro.

Tornando da Roma o da Napoli, spesso lo facevamo. Prima di rientrare a casa dove non sempre c'era il vino e non sempre si poteva bere. Mia madre, per le donne, tollerava un solo bicchiere.

Al piano terra di due, c'era il Circolo ferrovieri, che dopo la farmacia era stato il luogo che Vittoria aveva frequentato di più.

Cercavo Gino.

Avvocato Russo, accomodatevi, quello Gino è diventato fra' Comodo, ma di solito per le nove sta qua, volete un caffè?, un amaro?, un bicchiere d'acqua?, anche se l'acqua, a essere precisi, sarebbe solo per uso esterno.

Mimmo era stato capostazione prima del Ventennio, poi, non avendo preso la tessera del Partito fascista era stato spedito a Cancello Arnone e demansionato agli scambi. Processato sommariamente il fascio – del quale infatti avevamo ereditato praticamente tutta l'amministrazione, e molti ordinamenti – Mimmo era tornato ai suoi uffici di capostazione, non gli avevo mai sentito dire, né in privato, né in un comizio, quella frase che pure echeggiava ancora e cioè che avevano fatto bene ad appenderlo a piazzale Loreto. Mimmo, dunque, possedeva l'intransigenza dei miti.

Avvocato Russo, se posso permettermi, ma che ha fatto Gino?

Niente, Mimmo, e che deve avere fatto?

Vi siete scomodata fino a qua, con tutto il lavoro che avete, e le bambine, come sta Luigi?

Sempre con la politica in testa.

Eh, ma non più col partito, comunque. Vabbè, vi siete sposata un grande uomo, pure lui si è sposato una grande donna, ma siamo in questa stanza da soli e non voglio mettervi in imbarazzo.

Mimmo, voi mi lusingate.

E quindi che ha combinato Gino?

Ma niente, niente ha fatto, volevo fargli qualche domanda su Vittoria.

Eh, avvocato Russo, pensavo di morire prima io.

E perché?

Sono più vecchio e malmesso, lo sapete che c'ho mezzo polmone, no?, e perché le volevo bene, uno almeno quando muore non si deve occupare dei pensieri di dopo, quando ti muore uno a cui volevi bene invece ci devi pensare, e come lo riempi quello spazio?, la vedete, avvoca', quella sedia nell'angolo?, quella per me è di Vittoria, è venuta ogni giorno per vent'anni qua dentro a pelarci a briscola. In coppia con Salvatore stava.

Vinceva lei?

Madonna santa se vinceva, una volta abbiamo provato pure a poker, praticamente mi ha vinto pure le mutande.

E le ha riscosse?

Avvocato Russo, non fate queste domande maliziose che non ho più l'età.

Mi dispiace per Vittoria, perciò volevo parlare con Gino.

Avvocato, fino a che siamo soli vi voglio dire un fatto, anche se è un fatto che in paese sanno tutti, ma non lo dicono, o forse non è vero che lo sanno tutti, ma io c'ho mezzo polmone, Vittoria è morta, e voi siete di un'altra generazione, e siete riusciti a ottenere l'aborto, il divorzio, la pensione per le casalinghe, la sanità pubblica che la mia generazione nemmeno è riuscita a immaginare.

Mimmo, non dite così, voi avete fatto la guerra.

E a questo proposito vi volevo dire, avvoca'.

Ditemi.

La sapete la storia di me che vengo mandato al confino a Cancello Arnone perché non mi iscrivo al Partito fascista?

Certo, Mimmo, voi siete una leggenda.

Ecco, non è solo perché ero antifascista che mi hanno mandato a Cancello, è pure perché ero, e lo sono ancora, anche se ormai così, nella mia testa, ricchione.

La parola aveva fatto talmente eco nella stanza vuota del Circolo ferrovieri, o solo dentro di me, non lo so, che mi ero staccata dal tavolo spingendomi con le mani e facendo strusciare la sedia sul pavimento, poi mi ero alzata in piedi, ed ero rimasta zitta. Mimmo, senza guardarmi, sempre di spalle, impegnato a lucidare mensole, tavoli e sedie, aveva continuato.

Ecco, avvocato Russo, io, in quanto ricchione, ero pure stato fortunato, perché molti facevano una fine peggiore. Chiariamoci, avvoca', il mondo è pieno di invertiti, ma fino a un certo punto non si poteva dire, cosa che aveva il suo fascino perché comunque si poteva fare, specifico tutto ciò non solo per smitizzare il mio essere rimasto in una stazione con un solo binario funzionante per quasi vent'anni, io che venivo da Napoli dove ero non proprio capostazione ma quasi, a Mergellina, ma pure per farle capire quanto ha contato Vittoria da quando è arrivata a Scauri. Io la guardavo come i film alla televisione, i film americani dove tutto va bene e c'è la musica e le case sono belle. Vittoria è arrivata qua con Mara che sembrava sua figlia, io l'ho capito subito, avvoca', che non era la figlia, ovviamente. Vittoria si era presa una barca e teneva un pavone in giardino insieme ai cani e ai gatti, per me il Paradiso mica era il ristorante qua sopra, il Paradiso era Costantinopoli, quella casa, quella vita, quel giardino pieno di fiori bellissimi e profumatissimi, non tutti per carità. Certo io non sono mai stato signore come Vittoria, e non fa niente se per chi non c'ha il problema di mettere il pane a tavola è più facile, anzi, avessero fatto tutti come Vittoria adesso staremmo molto meglio, chill' ha purtat' Costantinopoli a Scauri, sedetevi però, avvocato Russo, che fate in piedi?, quello Gino è ritardatario, ve lo prendete un caffè?

Forse sì, Mimmo, grazie.

E jamm' bell' jamm'.

Alle pareti del dopolavoro ferroviario erano affisse una foto sbiadita di Gramsci, un'immagine ricolorata di Berlinguer, la prima pagina del primo numero dell'*Unità*, la prima pagina del primo numero del *manifesto*, e la prima pagina del primo numero della *Repubblica*. Sull'unica mensola, due coppe e un trofeo dei quali non leggevo le targhette, e un gagliardetto ciondolante dell'Associazione Nazionale Partigiani. In un angolo della stanza una piccola pista dei trenini, funzionante, molto particolareggiata, le carrozze e i vagoni erano Lima, il ponte somigliava a quello borbonico sul fiume Garigliano. Sul modellino di ferrovia dormiva, col muso appoggiato alla galleria e la coda nel fiume, il gatto che avevo imparato a conoscere come Gallina nera. Accanto all'ingresso, a destra e a sinistra, due poster, uno della stazione Termini, l'altro, più notturno, di Napoli Centrale, più grande di tutti era una cartina della rete ferroviaria italiana, troneggiava su una parete per il resto nuda. Mentre la contemplavo, come avrei contemplato i modelli anatomici del sistema venoso e arterioso nella cappella del principe di San Severo a Napoli, Mimmo era tornato col caffè.

Avvocato Russo, non volevo essere indiscreto.

Mimmo, non avevo capito niente.

E che c'è da capire?, comunque il coraggio di Vittoria non lo avrei avuto mai, insomma, lasciare il marito per vivere con Mara, senza tutte quelle sicurezze, no, non ce l'avrei fatta.

Ma perché, voi sapevate che Vittoria era sposata?

Sì, ce l'aveva detto, guardate, avvocato, che io e Gino e pure Salvatore con Vittoria eravamo amici, adesso stiamo un po' nelle trastole, stiamo discutendo, ma cumm' se fa a chiama' 'na jatta Gallina nera, e jamm' bell' jamm', scusate, avvoca'.

Mimmo, e che vi ha raccontato Vittoria?

Che si era innamorata di Mara, aveva lasciato il lavoro ed era venuta a vivere a Scauri.

E perché a Scauri?

Le piaceva il mare, un mare dell'infanzia.

Ma poteva andare a Gaeta.

Qua, diceva Vittoria, avrebbe incontrato meno gente di quella che conosceva a Roma, si fermavano tutti prima, a Sperlonga o a Gaeta.

Io invece, Mimmo, non sapevo proprio niente, del matrimonio.

E sapete come ha conosciuto Mara?

No, come?

Un giorno è entrata in un negozio di calzini per fare un regalo al marito, e Mara stava lì a vendere, e si sono innamorate, che bella storia eh?, sembra un fotoromanzo, comunque, avvoca', per due donne è più facile.

In che senso?

Fa meno schifo agli altri pensare a due donne nel letto, invece due uomini insieme è sempre un peccato.

Dite, Mimmo?

Ho capito questo, e forse sono pure d'accordo, il mio è proprio un peccato. È buono il caffè, eh?, ve l'ho detto che sono napoletano.

Grazie, Mimmo, è veramente buono.

Avvocato Russo, sapete che ci facciamo coi soldi di Vittoria?, adesso che viene Gino ve lo dice meglio, ma io ve lo anticipo, ci facciamo un premio per un torneo di briscola, e un corso di briscola per i bambini. Scuola e Premio Basile!

Ma la briscola è un gioco d'azzardo.

Perché invece la vita che è, avvoca'?, mo' chi sa quando arriva Gino, qua ci siamo fatti tutti vecchi e lenti.

Aveva ragione Luigi, la memoria del paese è diffusa. La memoria del paese ha mille nodi. La memoria del paese somiglia alle piante. La memoria del paese ha radici che si scambiano informazioni. La memoria del paese è inesauribile. Volta per volta è inaffidabile, ma è sempre esatta. Mentre pensavo alla memoria del paese ero inciampata, avevo mollato la borsa e messo le mani avanti. Ma i gomiti avevano ceduto ed ero finita faccia a terra.

Alla mano tesa e pronta ad aiutarmi per rimettermi in piedi era attaccata la faccia secca e ghignante di Filomena.

Forse perché vedere la gente cadere fa ridere, forse perché che fossi caduta io la vendicava di qualche offesa della quale non sapevo di essermi macchiata, o solo le dava una piccola, misera soddisfazione. D'altronde non c'eravamo mai state simpatiche, manco a scuola.

Credo mi odiasse perché ero più brava, e più pulita, nonostante venissimo dalla stessa strada.

Credo sua madre detestasse la mia perché cercava di nascondere lo sporco della terra. Ma mia madre d'altronde diceva, ed è una delle poche cose su cui penso avesse ragione, che essere signori è la certezza di non poter essere comprati dai soldi o che i soldi comprino tutto.

La mamma di Filomena invece piangeva miseria, come si dice qua. Piangeva miseria alla chiesa dell'Immacolata dove i frati cercavano di aiutare tutti. Piangeva ancora e ancora miseria giù a Sant'Albina, da padre Salvatore che tentava, con pacatezza, di farla ragionare sui molti, in paese, che stavano peggio di lei e, nel mondo, sui moltissimi. Ci aveva provato anche quando a padre Salvatore era succeduto padre Michele, ma con meno veemenza perché a quel punto l'agenzia di pompe funebri era già aperta.

In casa di Filomena andavano in giro come gli straccioni. E questo era durato fino a quando, a quel punto sia io che lei eravamo in prima media, ma non più nella stessa classe, il padre di Filomena con soldi improvvisi e insospettabili aveva ampliato le onoranze funebri Paradiso, un bel negozio in centro e non un buco nel muro del cimitero.

Da quel momento, poiché la morte è un investimento certo, la madre di Filomena e Filomena stessa, e suo fratello di cui nessuno sa se si chiami Vittore o Filippo, si erano vestiti meglio, ma non con gusto, o forse col gusto del tempo, cioè abiti di marca, li compravano a Formia.

Gli abiti di marca invecchiano velocemente, motivo per cui mia madre ci comprava i vestiti usati, e non era una questione solo economica, con gli abiti usati potevi sempre dire che erano dei parenti, che ti andavano troppo grandi e troppo piccoli. Con gli abiti usati racconti storie sui parenti ricchi che non hai. Fatto sta che Filomena mi aveva aiutata ad alzarmi. Mi aveva detto Siediti un attimo che hai pigliato una brutta botta.

C'eravamo sistemate sull'uscio di una casa nella quale non viveva più nessuno e che era in vendita da un paio d'anni.

Ma secondo te non si vende perché il prezzo è troppo alto?

Le', io mi occupo solo delle ultime case, quelle di prima non mi interessano e non ne so niente.

Mi aveva allungato una bottiglietta d'acqua e un fazzoletto di cotone, da uomo. Avevo preso sia l'acqua che il cotone senza entusiasmo. Sul fazzoletto c'era ricamato VITTORIA.

Filome', ma che c'entri tu con queste due?

E tu che c'entri?, pensi che sei tanto più altolocata di me perché hai studiato?

No, c'entro poco pure io, ma Vittoria mi ha chiamato in causa, ha detto a padre Michele di darmi il testamento.

Sì, ma che c'entri come persona, non come avvocato, non venivi a casa loro quasi mai.

Non è vero, passavo.

Sì, passavi ma non rimanevi.

Ho due bambine.

E allora?, potevi portare pure loro.

E dove?

A casa di Mara e Vittoria.

Mi sentivo in imbarazzo.

E perché.

Be', due donne che vivono insieme, senza essere mamma e figlia, con quella differenza d'età, io e Silvia ci portiamo meno anni.

Ma non erano mamma e figlia, Le'.

Lo so, Filomena, ma perché tu invece stai sempre con Mara?

Le', non capisco se non lo so dire o non te lo voglio dire, però rispondi prima a una domanda tu. Ma questa superiorità che ti senti, dove l'appiccichi?

Seduta alla scrivania guardavo i faldoni e fingevo di pensare al lavoro, in realtà mi concentravo sul buco della serratura, cercando di capire cosa facesse Cristina nell'altra stanza. La odiavo perché non era andata dai Registri Buffetti, e mi mancava la cancelleria. E la mattina aveva comprato banane mature il cui odore impregnava l'ufficio.

Mi faceva male la testa e mi stava crescendo un fico sulla fronte.

Cosa fanno le segretarie quando nessuno le guarda? Non riuscivo a capire e, come penso facciano i ciechi o i sordi, immaginavo.

Ma non ero cieca, le mie orecchie erano frustrate da ciò che non erano abituate a dedurre dai suoni, così, alle dodici e trenta, quando era ragionevole che uscissi per pranzo, e ero andata via. Forse avevo detto Ci vediamo tra poco, forse non avevo detto niente. Avevo creduto di poter ricavare l'argomento della lettera dal ticchettio sui tasti della macchina da scrivere. Avevo fallito.

Uscita, avevo preso la strada che costeggiava Ernesto Bruno ed ero arrivata sul lungomare. Carmela puliva le vetrine, ma non mi aveva visto. Avevo girato a sinistra e, nonostante avessi voglia di correre, avevo solo accelerato il passo. A pochi metri dal liceo scientifico avevo sentito la campanella, mi ero affrettata, ero arrivata nel parcheggio davanti la scuola, un vecchio convento le cui finestre davano sul mare.

Luigi il lunedì aveva l'ultima ora.

Lo avevo seguito mentre usciva dal portone attorniato dalle studentesse del quarto o quinto anno, belle, giovani, leggere, mi parevano prive di dubbi e perciò vincenti. A lui piacevano quelle ragazze vive e guizzanti che camminavano all'indietro continuando a parlargli? O era come i ginecologi che dopo un po' non ne possono più? Lui non ne poteva più della giovinezza?

Io andavo da una ginecologa, non con frequenza. Ginecologi e dentisti non mi piacevano. A chi piacciono?, mi chiedeva Luigi col suo tono sfottò. Aveva alzato gli occhi dalle studentesse e mi aveva sorriso, senza sorpresa, quasi mi aspettasse. Doveva aver detto qualcosa perché le ragazze mi avevano guardato in blocco, come erano belle. Quelle ragazze forse piacevano a me e non a lui. Da quando era morta Vittoria, non capivo più niente. Aveva ragione Filomena, chi mi credevo di essere. Ma questa tua superiorità, Le', dove la appiccichi?

Dove ce ne andiamo a mangiare?

Vogliamo vedere se è aperto l'Arenauta?

Fino a laggiù!, è quasi a Sperlonga!

E tanto a casa con le bambine ci sta Paola, ora la avverto che non torni.

Luigi era rientrato per telefonare. Le studentesse, non avendo più a disposizione lui, mi si erano fatte intorno.

Avvocato.

Buongiorno, ragazze.

Ma come ha fatto a far avere tutti quei soldi a Riccardo?

La domanda mi aveva colto di sorpresa. Una ragazza bionda, minuta, con una ciocca verde e unghie nere, molto magra, un Parmigianino punk, era avanzata di un passo.

Sabato sera, sulla spiaggia hanno litigato per me, ma è Riccardo che è una testa di cazzo, lei avvocato non doveva fargli avere quei soldi, se ne vanta in giro come se li avesse vinti alla schedina, almeno mo' ha finito di rubare le ostie in parrocchia per farci due spicci.

E perché hanno litigato?

Perché a me piaceva Antonello.

Ma tu e Riccardo state insieme?

Pure se fosse, avvoca', che c'entra?, mica uno ti può perseguitare perché ti piace un altro.

Non sto dicendo questo e non lo penso.

Antonello era venuto per vedermi, ci siamo conosciuti quest'estate quando stava in vacanza e aveva incontrato Vittoria, così era rimasto un altro po'.

Che c'entra Vittoria?

Vittoria è una specie di zia di Antonello.

Tu sapevi che Vittoria era sposata?

No, l'ho scoperto al funerale. Poi, quando uno dice zia mica per forza è parente.

No, ma che voleva Antonello da Vittoria?
Conoscerla.
E perché?
Era curioso, l'aveva riconosciuta sul lungomare da una foto a casa del fratello della nonna, e poi al funerale ho capito che lo zio di Antonello era il marito di Vittoria e pure l'avvocato che lo difendeva.
E di che hanno parlato Vittoria e Antonello?
Avvoca', ma che ne so, mica gli ho fatto tutte queste domande, se volete vi do il telefono e lo chiedete a lui. Ma perché tanti soldi a quel cretino?
Di Riccardo invece che mi dici?
Che si fuma tutti i soldi con quelli a cui vendeva le ostie dicendogli che sono consacrate e quei coglioni ci credevano, mo' può darsi che 'sta stronzata delle ostie è finita.

In macchina Luigi e io eravamo silenziosi, canticchiavamo Battiato che usciva dalla radio e ci godevamo le curve che, con la sua Renault 4, davano sempre un certo brivido.
Passano ancora lenti i treni per Tozeur, ta ta ta ta ta.
L'Arenauta era chiuso, così eravamo tornati indietro, verso Gaeta e, in fondo al porto, c'eravamo fermati sotto la pergola della Francese. Mi piacevano i ristoranti con le pergole.
Allora come va questa storia di Vittoria?

Si complica.
Ti complica, Lea.
No, Luigi, non mi complica, ma mi riguarda e non so perché.
Te lo dico io?
Tu lo sai?
No, non lo so, ma ci ho pensato.
Cioè?
Non ti piace non sapere le cose che ti capitano intorno, non ti piace pensare di aver frequentato o anche solo incrociato una persona per vent'anni e non aver lontanamente immaginato niente oltre ciò che vedevi, e che tutti abbiamo visto, quindi non sei l'unica, però tu ti senti stupida.
I ferrovieri sapevano che era sposata.
E vabbè, Lea, i ferrovieri lo sapevano.
Luigi, non solo sapevo poco di lei, ma quel poco che sapevo era sbagliato.
Il vento aveva scarmigliato le foglie della pergola, diffondendo nell'aria il rumore di una stoffa che fruscia. Un motorino aveva inchiodato e, al fischio della frenata, era seguita una bestemmia. Voltandomi in direzione della voce che aveva pronunciato invano prima il nome di Dio e poi quello della Madonna, avevo inquadrato la nuca delicata di Luigi, con l'attaccatura lanceolata dei capelli che era passata intatta, una fotocopia, sulla testa di Silvia. Non capivo se lo amavo perché spes-

so lo guardavo da vicino, o se lo guardavo spesso da vicino perché lo amavo.

E se invece, Luigi, il mio non sopportare di non capire, il mio, come dici tu, sentirmi stupida, non c'entrasse niente?, se mi fossi resa conto che avrei voluto stare con lei?

Lea, lasciatelo dire da tuo marito, non ti piacciono le donne.

Si era allungato per baciarmi, avevo girato la testa.

Va bene, Lea, allora ti piaceva Vittoria, scegli la versione semplice, per me va bene, è la tua vita, ma c'è una parte della tua vita che è mia, e perciò, ascoltami.

Gli avevo chiesto un accendino, più di così non riuscivo a fare.

Che significa che una persona ti piace, Le'?, non è niente dire che ti piace una persona, è l'indicazione che vuoi starci vicino, una misura di prossimità, però quando ci arrivi vicino, riesci a vedere quello che ha intorno, ed è il contesto, o come vuoi chiamarlo, che alla fine ti piace. Per questo è facile innamorarsi ma amare è complicato, perché, spesso, non solo ti piacciono le cose che la persona di cui pensi di essere innamorata ha intorno, ma ti piacciono pure le persone che le stanno vicino, è difficile, è una specie di campo di forze.

Ma che significa, Luigi?

È come il campo elettrico o il campo magnetico.

E quindi?

Non si dice gregge di forze ma campo di forze perché è una caratteristica dello spazio, e pure l'amore è una caratteristica dello spazio. Una persona, dove vive, chi ha intorno.

Ma che dici, Luigi?

Che mi sono innamorato di te pure per la tua famiglia, per esempio.

A me invece tua madre non è mai piaciuta.

Ma che hai fatto alla testa?

Sono inciampata, ma sta già passando.

La versione di Filomena era semplice, dava una mano a Mara perché Vittoria aveva aiutato il padre, e lei era una che aveva buona memoria, anche se il padre sosteneva che no, i soldi li aveva vinti a carte, senza imbrogliare.

Ma la verità che tutti conoscevano e che Lino, il padre di Filomena, voleva ignorare, era che Vittoria in più di vent'anni aveva perso solo una partita, quella, e che la sfortuna di uno ci veda tanto bene, anzi coincida con la fortuna di un altro, è un evento raro, anzi è impossibile. È una favola. È possibile, invece, che per Tizio una somma sia una fortuna, e per Caio la stessa somma non sia poi tanto. Pensavo a Vittoria. Le era costato più perdere o più pagare?

Tu ne sei sicura, Filomena?

Le', mio padre non sapeva giocare a carte, mentre Vittoria era abituata a giocare con la vita delle persone.

Ma che significa?

Lea, sempre cu' 'stu che signific', significa che uno fa il bene degli altri pure per sgravarsi la coscienza.

Non capisco.

Ma come, tu ti metti a vivere con una che ti può essere figlia e vuoi che, a un certo punto, non ti rendi conto che hai fatto male e dunque devi fare bene?

Mi pare che Mara fosse adulta e consenziente.

E se era un uomo vecchio con una ragazza giovane, dicevi lo stesso o dicevi che era un bavoso?

Non lo so, Filome', dipende dalla situazione, mica uno può generalizzare, non c'è una regola.

Lea, Mara è stata traviata, tu lo sai che Vittoria è la prima donna con cui è stata?

E anche l'ultima secondo te, Filome'?

È inutile che mi guardi così, come a insinuare, e non sto dicendo che a Mara non piaccio e che non ci ha pensato e non ci pensa perché ormai è traviata, ma a me mi piac' 'o pesc'.

Il pomeriggio le bambine, aizzate da Paola che evidentemente pensava di dover andare lei a pranzo con Luigi, avevano preteso la storia del vecchio e della vecchia con le fave vecchie. Quando si erano messe a fare i compiti, avevo raccontato a Luigi ciò che avevo raccolto.

La vicenda di Vittoria cominciava a somigliare alle versioni di greco, e al greco in sé, se fossi nata in un'altra famiglia forse mi sarei laureata in latino e greco, ma sentivo di dover portar via dalla terra i miei, provare a comprar loro la casa dove erano stati braccianti per trent'anni, e l'avvocatura mi pareva più veloce dell'insegnamento, nonostante studiare mi sia sempre piaciuto.

Vittoria era come il greco, aveva lasciato poche tracce e per raggiungere il significato, ammesso ce ne fosse uno, bisognava procedere ricombinando gli elementi, consci che sarebbe sempre rimasto un margine per l'interpretazione o, nel peggiore dei casi, che nessuna delle combinazioni avrebbe avuto senso.

Luigi era rimasto più turbato dalla notizia che Vittoria si fosse ammazzata che dalla violenza subita da Mara.

Hai detto che Mara faceva la vita.

E che vuol dire?, è meno grave?

No, ma.

Era un rompicapo. Non che cos'è la verità, ma quando è la verità. Quando una cosa è vera e quando smette di esserlo o quando è falsa e diventa vera. Insomma, la verità rispetto al tempo non vale niente.

Ma perché una così si ammazza?, si era chiesto Luigi alzandosi e aggiungendo Vado un attimo in giardino. Poi si era fermato, mi aveva guardata negli occhi e mi aveva detto Non si può giudicare nessuno per le paure, quindi se Vittoria aveva paura del dolore, ha fatto bene a fare ciò che ha fatto. Una volta, tanti anni fa, ero appena arrivato a Scauri per due giorni di licenza, volevo venire a trovarti, eravamo solo fidanzati. Alla stazione avevo incontrato Vittoria e avevamo fatto insieme la strada che porta al mare, io in realtà avrei fatto l'Appia ma l'avevo seguita perché Vittoria aveva cominciato a parlarmi di te, me lo sono ricordato l'altra sera, quando mi hai detto che forse potevi piacere a Vittoria e io ti avevo detto figurati, ma poi mi è tornata in mente quella passeggiata.

E che ti ha detto?

Mi chiedeva come fosse la nostra vita da giovani laureati in un paesino dove quasi nessuno era laureato e come mi sentivo io a essere promesso a una donna che non avrebbe fatto la casalinga e che forse, anzi quasi certamente, avrebbe guadagnato più di me. Ci pensi che domande? Avevo venticinque anni e infatti le ho risposto che non tutti gli uomini intelligenti sposano donne stupide, o qualcosa del genere, e forse le avevo chiesto di Mara e lei mi aveva risposto che stavano bene, senza aggiungere niente, e che era felice che Mara a Scauri avesse trovato una sua dimensione, le erano sempre piaciuti gli animali, aveva sorriso, le parole posso non ricordarle, ma il sorriso sì, e allora, quando mi è tornata in mente la passeggiata, mi sono chiesto se, col termine animali, Vittoria non intendesse pure noi, ci ho ripensato l'altra sera. Camminavamo e io guardavo per terra, ero, non so perché, intimidito, solo che sono alto e così ho capito che la guardavo dall'alto in basso, per questa sicurezza di natura geometrica, mi ero fatto coraggio e le avevo domandato se avesse mai desiderato essere un uomo.

E che ti ha detto?

Ha detto di sì, ha detto di averlo capito in Messico.

Quindi tu sapevi che era stata in Messico.

Ma non è questo il punto, volevo dirle che era lesbica, la volevo offendere.

Sei come quel coglione di Riccardo.

Ero giovane e poi mi aveva detto che avresti guadagnato più di me, praticamente mi aveva dato del mezz'uomo.

Mica la giovinezza è una giustificazione per la stupidità, ma comunque perché Vittoria in Messico voleva essere un uomo?

Aveva pensato che se il Messico fosse stato ancora da scoprire, non sarebbe potuta essere né il capitano, né il marinaio dell'esplorazione, per questo avrebbe voluto essere un uomo, si sentiva più adatta alle avventure esteriori che a quelle interiori, così mi ha detto.

Perfetto, Luigi, però adesso aiutami a pensare, ti pare che una così si ammazza per paura del dolore?

Vado un attimo in giardino, aveva ripetuto.

La versione di Gino – nonostante la mattina non fosse mai arrivato al dopolavoro per una faccenda riguardante Gallina nera, un forasacco nell'orecchio, ma qualcuno doveva averlo avvertito che lo avevo cercato e che il gatto scomparso era proprio al dopolavoro – era semplice, e mentre parlava sembrava Svetonio. Svetonio come lo raccontano a scuola, perché, a parte qualche brano delle versioni, non lo avevo mai letto.

Avvoca', io c'ero a quella partita, c'ero. Lino, quel pezzente di sopra la salita, le aveva detto Se ti batto a poker mi presti i soldi, e tutti noi che stavamo là c'eravamo accesi una sigaretta. Avvoca', non so se hai mai visto i musical di Stalin, forse no perché sei troppo giovane.

No, mai.

Eh, invece noi li vedevamo.

Musical?

Sì, i balletti.

Balletti?

Sì, a Giuseppe Stalin piacevano i balletti, comunque non ti voglio far perdere tempo, avvoca', che io sto in pensione ma tu no, insomma, ci siamo accesi una sigaretta tutti insieme che parevamo un corpo di ballo dei musical di Giuseppe Stalin. Vittoria non ha mai perso a poker, ci puoi credere, avvoca'?, mai, e quindi non c'era niente da fare. Guardavamo Lino con gli occhi sgranati per farlo desistere, ma era inutile, chill' è cretin'. Vittoria poi ha detto che lei non prestava soldi, mica era una cravattara. Che è un termine che non conoscevo, poi Mimmo che era stato pure a Roma, prima di tutta quella faccenda dell'antifascismo e del contro natura, se mi posso permettere, non so come la pensi tu, avvoca', ma per le femmine è diverso, comunque Mimmo aveva detto che il cravattaro era lo strozzino.

E quindi?, come è andata la faccenda dei soldi?

Vittoria ha detto Giochiamoci la somma, se la vinci la vinci, se la perdi la perdi, Ma se la perdo non ce l'ho per pagarti, l'aveva aggredita Lino, Allora mi darai la terra, aveva chiarito Vittoria cominciando a mischiare le carte. Tu, avvoca', non so se ti è capitato di vederla giocare, ma come mischiava le carte lei, e sapeva fare pure certi giochi che io non avevo mai visto, e ovviamente giocava a briscola, la briscola le piaceva più del poker e pure più dello scopone, a tressette era bravissima, perdeva poco, in generale, a poker mai, tranne quella volta, motivo per cui credo, anzi, sono certo, visto che Lino era una mezzatacca nella vita figuriamoci a giocare, che Vittoria lo ha fatto vincere. Forse l'unica buona idea che ha avuto Lino è stata quella delle pompe funebri, che comunque se la poteva far venire prima visto che nasce da generazioni di cassamortari.

Addirittura.

Pure il nonno di Lino stava al cimitero.

Eh, Gino, prima o poi al cimitero ci staremo tutti.

Meglio dopo che prima, avvoca', senti a me.

Il cancello di Mara era aperto, così, senza essere annunciata da alcun cigolio, avevo suonato il campanello. Aveva cominciato a piovere ma sotto il patio era protetto. Sul giardino sembrava essere scesa una patina opaca e sonnolenta, io pure avevo sonno, doveva essere la mezza stagione, o il vino. Le campanule bianco rosate sulla pennata appassivano, le bacche da rosse viravano al bordeaux, o al vinaccia, per la prima volta le foglie ingiallivano sul selciato, e le rose sembravano essersi liberate, o avere intenzione di farlo, dalla morsa in cui Vittoria le aveva serrate, tanti anni prima. Sono brutti i cespugli?

Non mi ero mai resa conto di quanta fatica era stata spesa per mantenere il giardino in quel modo, un corpo di ballo, come aveva detto Gino. Ciascuno un ruolo, ciascuno un posto. La volontà, il lavoro, la pazienza, la fatica, la prepotenza pure, pensavo guardando una rosa canina che tentava di sfuggire alla colonna intorno alla quale Vittoria l'aveva costretta. L'onnipotenza si esercita da giardinieri. Lavorare giorno dopo giorno, anno dopo anno, per fermare in una immagine la vita che cresce e marcisce. Tutto rinnovato e tutto uguale.

Il vento aveva portato qualche foglia anche sul tavolino di ferro intorno al quale stavano due sedie anch'esse di ferro, che erano state ripitturate forse ogni estate, e mostravano materia e tempo, due cose che una vernice ben stesa nasconde. Era tornata, come una eco, una conversazione con Vittoria, c'era lo stesso ronzio che adesso sentivo provenire dalla casa vicina, che, come quella volta, sembrava vuota. Non un ronzio, un macchinario che girava, un rombo e un cigolio, niente di sinistro, un fastidio. Arrivava a ondate, secondo il vento. Anche quella volta.

Potevano essere le tre di pomeriggio, eravamo sedute al tavolino, le sedie a quel punto non erano bianche, ma verde salvia, stavamo parlando non ricordo di cosa, ma a un certo punto avevamo cominciato a interrogarci sul rumore continuo e insistente. Da dove veniva. Io avevo detto che forse stavano cucinando, Vittoria aveva detto che no, non era più e non era ancora l'ora di mangiare, probabilmente staranno verificando il funzionamento di un elettrodomestico. Poi era uscita una ragazza bruna, ci aveva sorriso, teneva in mano una ciotola d'acqua torbida. Che cos'è questo rumore?, aveva domandato Vittoria, con un tono a metà tra la curiosità e il fastidio, entrambi sinceri. Stanno facendo la maionese, aveva risposto la ragazza sconsolata, domani c'è una festa. Quindi a un certo punto finirà, aveva proseguito Vittoria, soave. Io, in imbarazzo, cercavo di scherzare. Non è una cosa che se sbattuta troppo impazzisce?, Vado a dire di smettere, aveva detto la ragazza bruna, sollevata, Ma no, se non dà fastidio a lei non si preoccupi, noi stiamo bene così, aveva chiarito Vittoria, suadente, più suadente ancora, seduttiva forse. Vittoria mi aveva sorriso, io avevo ricambiato, e poco dopo, un fischio nitido aveva anticipato il silenzio, il rumore arrotato era cessato.

La ragazza bruna era uscita sul balcone sollevando il pollice. Vittoria riusciva ad avere il silenzio senza nemmeno chiederlo.

Nel pomeriggio opaco, avvolta da quel ronzio che ne ricordava un altro, invece di suonare alla porta mi ero seduta per contemplare il giardino. Quanta tenacia ci era voluta per piegare le piante in quella certa forma, perché dessero una sensazione di pace e naturalezza, trasmettessero bellezza, o, anche senza alcuna crudeltà, quanta cura. È buona o cattiva la cura? Farmaco e veleno. La proporzione. Costantinopoli.

Avevo visto in televisione un'intervista a Carla Fracci dopo una prima alla Scala, o al San Carlo, non me lo ricordo, un teatro, le mie figlie si sognavano in tutù rosa ma erano troppo indisciplinate. Carla Fracci esortava a danzare, una specie di monito che esulava però dalla danza e rientrava nella vita quotidiana. Silvia e Giulia fibrillavano attaccate al televisore e io avevo pensato che danza e vita quotidiana, in quanto rito e disciplina, singoli e collettivi, sono invece del tutto sovrapponibili, una la forma dell'altra. Carla Fracci diceva composta Quando pensate alla leggerezza dei ballerini, guardategli i piedi. I piedi dei ballerini mantengono la memoria di tutti gli esercizi, tutti gli sforzi, tutto il peso, tutta la gravità delle ripetizioni, dell'equilibrio, dei salti, dello sforzo di fissare la vita, che è movimento, in una forma geometrica eterna ed eternamente riconoscibile. Mi chiedevo, guardando il giardino di Vittoria, dove fosse quel luogo oscuro e nodoso, nascosto, deformato dall'esercizio e dall'equilibrio, che però garantiva la leggerezza, la grazia, o la loro apparenza.

Mamma, ma quindi le ballerine si possono vestire di tutti i colori?, aveva chiesto Silvia staccando le mani dallo schermo, con conseguente crepitio elettrostatico di capelli.

Un rumore di unghie mi aveva distratto ed era comparso Gallina nera che con la zampa faceva rotolare un seme bitorzoluto che suonava come una maracas. Unghie e tubo della pioggia. Pallottoliere. Riso versato in un boccaccio di vetro. Dietro al gatto, come trascinata da un filo invisibile, era arrivata Mara. Non si era stupita nel vedermi, barcollava, si era appoggiata al tavolino.

Sei sempre ubriaca.

Come vuoi che stia, Lea?, i conigli sono morti e il gatto gioca con i semi di stramonio sull'essiccatoio.

Ma non è velenoso?

Per i gatti no, solo per gli esseri umani, ma in giardino ci sono piante velenose per tutti.

Ma perché?

Lea, Vittoria faceva farmaci, ti ricordo.

Avevo fumato una, due, tre, quattro sigarette, poi Mara aveva detto Fa freddo, entriamo.

Aveva preparato una tisana e mi aveva messo davanti un piattino con i biscotti al cioccolato. Adoravo i biscotti al cioccolato.

Prima di dirti una cosa voglio farti vedere una bella statuina.

Rideva e barcollava, io no, ero solo in ansia. Non mi piacciono gli ubriachi.

Vittoria essiccava i semi di stramonio e piantava erbe e fiori velenosi.

Mara era tornata con una piccola statuetta di Limoges. Una bambina con un cesto di fiori. La fattura era raffinatissima. La pelle era chiara e rosea, il vestito aveva nastri azzurri, e d'azzurro erano legati i fiori.

Questa statuina stava sul comodino di Vittoria, nella stanza da letto della sua casa di Roma, dove viveva con l'avvocato che hai conosciuto, ci sono entrata una sera, per una festa, non avevo nemmeno diciotto anni, ma avevo detto a tutti che stavo per compierne ventitré, lui era ubriaco, io non volevo, era un bell'uomo, è stato violento, d'altronde io ero un'ospite pagata.

Che significa?

Quello che pensi, mi pagavano per andare alle feste, per il sesso c'era un extra, era una bella casa, non ero mai stata in una casa così bella, c'erano persone eleganti, c'era Vittoria, ma l'ho guardata bene solo quando lui ha riaperto la porta, io ero mezza nuda, volevo andarmene, mi vergognavo così in disordine davanti a una signora così bella, ma ho visto la statuina, era bellissima anche la statuina, lo è ancora, mi sentivo questa bambina di porcellana che costava di certo più di me, ho fatto un pensiero vanitoso, me lo ha detto Vittoria l'unica volta che ne abbiamo parlato, tempo dopo. Quella sera, sul pavimento, col vestito strappato, ho pensato che la statuina non si era rotta, e nemmeno io, una cosa che diceva mia madre, o forse mia nonna, o forse dicono tutti i poveracci per ricordarsi che ce la faranno, non credo allora avessi pensato tutte queste cose, ma con Vittoria non solo ho imparato le parole, ma pure a usarle. Non sarò mai come voi, ma vi somiglio.

Non c'è nessun voi.

Sì, Lea, c'è, ma non lo vedi.

Ma che è successo quella sera?

Vittoria mi ha regalato la statuina e mi ha detto Da oggi a te ci penso io.

E poi?

Ci ha pensato lei.

Ma ti piaceva?

Sì, mi piaceva, non avevo capito subito che voleva andarsene da Roma, lasciare il lavoro all'università e tutto il resto, non volevo lo facesse per me, mi sembrava troppo.

E invece?

Mi ha detto che lo avrebbe fatto comunque, e se non ci fossi stata io ci sarebbe stato qualcun altro.

Credi sia così?

Chi lo sa, a un certo punto le ho detto sì, e siamo venute a Scauri, dice che la divertivo, che meritavo una vita leggera.

E con il marito, e il lavoro?

Non lo so, credo sia andata a Roma qualche volta, all'inizio ci andava, tornava con cartoline e souvenir, come una turista, non diceva niente, si è riportata la testa di gesso.

E tu non chiedevi?

Non le piaceva rispondere alle domande, non diceva quasi mai niente.

Ma ti piaceva?

Credo che mi sarei potuta sposare e avere dei bambini.

Puoi ancora farlo, sei giovane.

No, non credo c'entri la giovinezza.

E cosa?

Il mio corpo ha preso un'abitudine, tutti prendiamo abitudini, pensa a quelli che vengono qua ogni sera a bersi una birra, o Vittoria che nuotava ogni mattina, o a te che vai sempre a comprare la paste da Vezza o da Morelli, le mutande sempre da Ernesto Bruno, la pizza da Rusticone. Insomma, perché l'amore dovrebbe essere una cosa diversa da tutto questo?

Ma qual è lo stramonio?, non ce l'ho presente.

Le campanule, grandi, vicino al ricovero della barca, quelle bianche e rosa. Adesso mi vado a riposare, non so se ce la faccio, c'è sempre stata Vittoria. Il giardino era immerso in una calma violenta. Come sono belle quelle campanule pure se stanno sfiorendo, sono fatali, eh, Vittoria diceva che bastava addormentarcisi sotto, ma in realtà devi mangiarle.

Ma quante?

Non lo so, non sono mai stata io a occuparmi delle piante, e in fondo preferisco facciano ciò che vogliono. Che almeno loro facciano ciò che vogliono.

Il tardo pomeriggio, l'Appia brulicava di persone che si affannavano per le ultime spese. Come se la domenica fosse durata un mese. Rimpinguavano le scorte. Luigi e io ci divertivamo a pensare che, essendo l'età del paese alta, c'era una memoria da dopoguerra, di fame. Mi ero chiesta se Mara sapesse della malattia di Vittoria, se era giusto parlargliene. Mi ero risposta che se, nonostante ciò che aveva detto Rebecca, Vittoria non glielo aveva detto, non toccava a me farlo.

Ero salita in macchina con la busta del macellaio in una mano e un sacco di patate nell'altro. Volevo fare le cotolette alle bambine. E le patatine fritte. Mi ero presa anche due fegatini di maiale. Luigi non mangiava frattaglie e, forse per abitudine alla cucina di sua madre, amava solo le fettine ben cotte.

Sul lungomare i lidi splendevano nella luce dorata del tramonto. Ogni volta che guardavo il sole calare nell'acqua pensavo che per essere belli bisogna solo tramontare. Poi mi venivano in mente Silvia e Giulia e sapevo che erano bellissime e non volevo affatto che tramontassero. Coppie di fidanzatini passeggiavano allacciati, due donne, entrambe con una tuta di ciniglia, camminavano svelte, una mi pareva Anna la mamma di Riccardo, l'altra era la professoressa di inglese che viveva non lontana da Vittoria e Mara.

Gli intonaci delle case cercavano di resistere alla salsedine, dalla Bussola arrivava una musica ballabile e gli uomini fumavano e bevevano birra tenendosi la pancia. Due delle camere di Villa Eleonora, l'unico albergo di Scauri, erano illuminate. In una finestra le tende erano aperte, nell'altra no. Davanti al Lido Delfini tre uomini giocavano a bocce.

L'ultima persona che mi sarei immaginata di vedere allo Scoglio era l'avvocato Pontecorvo, seduto al mio tavolino. Tobia mi aveva guardato interrogativo, io avevo alzato le spalle, ma senza morbidezza. Dammi una birra va', gli avevo detto continuando a guardare in direzione dell'avvocato. Ma da quando sta qua?

Da un paio d'ore, non ha praticamente mai smesso di guardare fuori.

E che si è preso?

Solo acqua, Lea.

Avevo preso la birra, ne avevo bevuto un sorso e, arrivata al tavolino, mi ero seduta di fronte a Pontecorvo.

Posso offrirle una birra?

No, grazie, Lea.

Ma non aveva detto che non voleva più mettere piede a Scauri?

Sono venuto a coprire le spese della barca.

Non è roba sua.

Ho chiesto di non dire niente, e spero non lo faccia nemmeno lei.

Dovrebbe analizzare la sua affezione per il rapporto tra soldi e silenzio.

Non è una cosa particolare, avvocato Russo, per il silenzio si paga dall'inizio dei tempi. O si interessa anche di psicologia adesso?

No, avvocato Pontecorvo, non mi interesso, semplicemente colgo le ripetizioni, le ricorrenze, pure questo fa parte del mestiere, no?

Comunque la stavo aspettando.

E perché?

Sono sempre stato incuriosito dalle persone, come pure era Vittoria, che sono certe di possedere una certa superiorità morale.

Su di me ha sbagliato valutazione, non penso di possedere alcuna superiorità morale.

Dice, dottoressa Russo?, si conosce tanto bene?, sono ammirato.

Adesso devo andare a casa dalle bambine, la saluto avvocato Pontecorvo.

Buona cena, cara Lea.

Era stato un Santo Stefano di molti anni prima, non ero ancora sposata. Eravamo andati a giocare a carte, a backgammon, a bocce anche, a bocce nel salotto, sul tappeto, una cosa esotica che nessuno si sarebbe sognato di proporre, ma a Costantinopoli tutto era possibile. Giocare a bocce sul tappeto. Pure i tappeti, poi. I tappeti erano una cosa che faceva polvere, più che altro. Pensavo alle differenze di stanze e persone ora che sapevo delle feste di Roma, o forse Vittoria si divertiva comunque. Là e qua, la regina della festa. Quella sera, mentre stavo per dire qualcosa, Vittoria mi aveva messo una mano sulla bocca e mi aveva tirato a sé, sentivo il suo seno sulla schiena, allegra ripeteva Non dire niente, non dire niente. Alla fine, la cosa che non avrei dovuto dire e che la riguardava l'aveva detta lei. Aveva sottratto due piantine a Patella dopo aver discusso su quale fosse il modo migliore di far crescere i capperi. Avrei dovuto chiedere a Tommaso se uno può ammazzarsi coi semi di stramonio, con la datura, con chissà cosa. Le foglie sbagliate degli spinaci.

In casa il telefono squillava, avevo poggiato le borse e alzato la cornetta, continuando però a chiedere Dove siete?, girando la testa in una direzione e in un'altra, senza ottenere risposta. Le bambine dovevano essere con Luigi da qualche parte. Al telefono era Alba. Il gatto egizio comprato per la figlia era stato rapito. Te lo giuro Lea, non tiro fuori una lira se chiedono il riscatto.

Giù in giardino, due piccioni che beccavano il brecciolino mi erano sembrati topi.

Nota

Scauri esiste. È il paese in provincia di Latina dove sono nata e cresciuta. Gli esercizi commerciali, gli stabilimenti balneari esistono o sono esistiti. Gisella Treglia è stata brutalmente ammazzata nella pineta a Marina di Minturno, le mie sorelle si chiamano Silvia e Giulia, Russo è il cognome di mia madre, mio padre è fisico, Luigi era il nome del mio nonno paterno. La famiglia di mia nonna di cognome fa Nocella. Linona è il soprannome di Lina Tammaro, grande amica dei miei genitori, che però non fa la farmacista. I cognomi citati sono sui citofoni di Scauri, nessuno è il riferimento a chi quei cognomi porta, Tobia gestisce Lo Scoglio, sotto a Monte d'Oro. La storia dei bambini ubriachi che mordono le orecchie dei conigli me l'ha raccontata Antonella Ingletto, un'estate a Marittima (LE). L'ostetrica che riesce a far nascere i bambini podalici senza ricorrere al cesareo me l'ha raccontata Daria Corrias e ha come protagonista Sebastiana, sua madre, che ha lavorato a Nuoro. Vittoria, Lea, Rebecca, Pontecorvo, i ferrovieri non esistono, non esiste nessuno. Forse manco io. Ma ascolto i racconti di persone conosciute e sconosciute e li intreccio. I racconti esistono, loro sì, da qualche parte. Sono eco, omaggi talvolta, e niente altro, non c'è esattezza e non c'è cronaca, tutto è mischiato, frainteso, inventato, mentito.

Il Golfo è un mensile che ha da poco festeggiato i cinquant'anni. Esce quasi ogni mese ma non ha niente a che fare né con la parrocchia dell'Immacolata, né con quella di Sant'Albina. Lo dirige Damiano Pontecorvo che, pur condividendone il cognome, non ha alcuna connessione, parentela o altro col nostro avvocato, è storico e giornalista. Da che mi ricordo i miei genitori sono sempre stati abbonati a *Il Golfo*.

L'idea di questo breve romanzo è nata qualche anno fa mentre adattavo per Ad Alta Voce di Rai Radio 3 *Il grande Bob* di Georges Simenon ed è tornata quando i miei amici Ena Marchi e Giorgio Pinotti mi hanno chiesto di parlare, per un qualche anniversario dello scrittore le cui opere in Italia sono pubblicate da Adelphi, delle figure femminili nei romanzi non-Maigret di Simenon e siccome sono gentili, precisi e preparati, carissimi Ena e Giorgio, me ne hanno spedito un certo numero. Superiore a venticinque. Cosa ho capito delle figure femminili dei romanzi di Simenon? Lasciamo senza risposta questo struggente interrogativo. *Chi dice e chi tace* è stato scritto quasi tutto nell'estate del 2021, mentre scrivevo *Così per sempre* (Einaudi, 2022), si intitolava *Dopo il funerale*, ma poi è morta Michela.

L'uomo è una pianta non terrestre ma celeste è il *Timeo* di Platone. C'è molta speranza ma nessuna per noi è Kafka nelle *Lettere a Milena* nella traduzione di Ervino Pocar. Per una vecchia e insidiosa abitudine è *Revolutionary Road* di Richard Yates nella traduzione di Adriana Dell'Orto. Assopito in una calma violenta è di Fleur Jaeggy nel racconto «Agnes» in *Sono il fratello di XX*, e questo è ciò che ricordo. Dunque, oltre le cose qui dette, restano quelle taciute, o dimenticate.

Nei dialoghi si dà del tu, del lei o del voi, senza coerenza. Questo perché mi piaceva lasciare in queste pagine la volubilità con cui nel paese si toglie e si dà confidenza secondo l'argomento di cui si sta parlando e secondo cosa si vuole ottenere.

Questo libro è dedicato alla memoria di Carmen Rosati, morta mentre era ferma a un semaforo nell'estate dopo la maturità, era mia amica, ed era una bella capa fresca, generosa e divertente, tanto che ha smentito l'Editto di Saint-Cloud secondo il quale i morti devono stare fuori dalle strade dei vivi, il semaforo dove è morta Carmen è diventato una rotonda, e io ancora ci passo. Carmen sapeva, come tutti noi che siamo nati in provincia, che i morti stanno in mezzo.

Ed è per Dafni Scotese che, mentre rivedevo queste pagine, è morto pure lui in un incidente stradale, su una curva tra Minturno e Scauri, smentendo pure lui l'Editto di Saint-Cloud. I morti stanno in mezzo.

Questo romanzo è per i miei nipoti, Francesco e Angelo Rosso, perché non lancino mai bottiglie, e perché guardino e poi guardino ancora e riescano a godersi la provincia.

Ed è per Marcella.

Gallina nera è ovviamente Miles. Anche il forasacco nell'orecchio è suo.

Indice

Questo volume è stato stampato
su carta Arena Ivory Smooth
delle Cartiere Fedrigoni
nel mese di giugno 2024

Stampa: Officine Grafiche soc. coop., Palermo

Legatura: LE.I.MA. s.r.l., Palermo

La memoria

Ultimi volumi pubblicati

1000 La memoria di Elvira
1001 Andrea Camilleri. La giostra degli scambi
1002 Enrico Deaglio. Storia vera e terribile tra Sicilia e America
1003 Francesco Recami. L'uomo con la valigia
1004 Fabio Stassi. Fumisteria
1005 Alicia Giménez-Bartlett, Marco Malvaldi, Antonio Manzini, Santo Piazzese, Francesco Recami, Gaetano Savatteri. Turisti in giallo
1006 Bill James. Un taglio radicale
1007 Alexander Langer. Il viaggiatore leggero. Scritti 1961-1995
1008 Antonio Manzini. Era di maggio
1009 Alicia Giménez-Bartlett. Sei casi per Petra Delicado
1010 Ben Pastor. Kaputt Mundi
1011 Nino Vetri. Il Michelangelo
1012 Andrea Camilleri. Le vichinghe volanti e altre storie d'amore a Vigàta
1013 Elvio Fassone. Fine pena: ora
1014 Dominique Manotti. Oro nero
1015 Marco Steiner. Oltremare
1016 Marco Malvaldi. Buchi nella sabbia
1017 Pamela Lyndon Travers. Zia Sass
1018 Giosuè Calaciura, Gianni Di Gregorio, Antonio Manzini, Fabio Stassi, Giordano Tedoldi, Chiara Valerio. Storie dalla città eterna
1019 Giuseppe Tornatore. La corrispondenza
1020 Rudi Assuntino, Wlodek Goldkorn. Il guardiano. Marek Edelman racconta
1021 Antonio Manzini. Cinque indagini romane per Rocco Schiavone
1022 Lodovico Festa. La provvidenza rossa
1023 Giuseppe Scaraffia. Il demone della frivolezza
1024 Colin Dexter. Il gioiello che era nostro

1025 Alessandro Robecchi. Di rabbia e di vento
1026 Yasmina Khadra. L'attentato
1027 Maj Sjöwall, Tomas Ross. La donna che sembrava Greta Garbo
1028 Daria Galateria. L'etichetta alla corte di Versailles. Dizionario dei privilegi nell'età del Re Sole
1029 Marco Balzano. Il figlio del figlio
1030 Marco Malvaldi. La battaglia navale
1031 Fabio Stassi. La lettrice scomparsa
1032 Esmahan Aykol, Gian Mauro Costa, Alicia Giménez-Bartlett, Marco Malvaldi, Antonio Manzini, Francesco Recami, Gaetano Savatteri. Il calcio in giallo
1033 Sergej Dovlatov. Taccuini
1034 Andrea Camilleri. L'altro capo del filo
1035 Francesco Recami. Morte di un ex tappezziere
1036 Alan Bradley. Flavia de Luce e il delitto nel campo dei cetrioli
1037 Manuel Vázquez Montalbán. Io, Franco
1038 Antonio Manzini. 7-7-2007
1039 Luigi Natoli. I Beati Paoli
1040 Gaetano Savatteri. La fabbrica delle stelle
1041 Giorgio Fontana. Un solo paradiso
1042 Dominique Manotti. Il sentiero della speranza
1043 Marco Malvaldi. Sei casi al BarLume
1044 Ben Pastor. I piccoli fuochi
1045 Luciano Canfora. 1956. L'anno spartiacque
1046 Andrea Camilleri. La cappella di famiglia e altre storie di Vigàta
1047 Nicola Fantini, Laura Pariani. Che Guevara aveva un gallo
1048 Colin Dexter. La strada nel bosco
1049 Claudio Coletta. Il manoscritto di Dante
1050 Giosuè Calaciura, Andrea Camilleri, Francesco M. Cataluccio, Alicia Giménez-Bartlett, Antonio Manzini, Francesco Recami, Fabio Stassi. Storie di Natale
1051 Alessandro Robecchi. Torto marcio
1052 Bill James. Uccidimi
1053 Alan Bradley. La morte non è cosa per ragazzine
1054 Émile Zola. Il denaro
1055 Andrea Camilleri. La mossa del cavallo
1056 Francesco Recami. Commedia nera n. 1
1057 Marco Consentino, Domenico Dodaro, Luigi Panella. I fantasmi dell'Impero
1058 Dominique Manotti. Le mani su Parigi
1059 Antonio Manzini. La giostra dei criceti
1060 Gaetano Savatteri. La congiura dei loquaci
1061 Sergio Valzania. Sparta e Atene. Il racconto di una guerra
1062 Heinz Rein. Berlino. Ultimo atto
1063 Honoré de Balzac. Albert Savarus

1064 Alicia Giménez-Bartlett, Marco Malvaldi, Antonio Manzini, Francesco Recami, Alessandro Robecchi, Gaetano Savatteri. Viaggiare in giallo
1065 Fabio Stassi. Angelica e le comete
1066 Andrea Camilleri. La rete di protezione
1067 Ben Pastor. Il morto in piazza
1068 Luigi Natoli. Coriolano della Floresta
1069 Francesco Recami. Sei storie della casa di ringhiera
1070 Giampaolo Simi. La ragazza sbagliata
1071 Alessandro Barbero. Federico il Grande
1072 Colin Dexter. Le figlie di Caino
1073 Antonio Manzini. Pulvis et umbra
1074 Jennifer Worth. Le ultime levatrici dell'East End
1075 Tiberio Mitri. La botta in testa
1076 Francesco Recami. L'errore di Platini
1077 Marco Malvaldi. Negli occhi di chi guarda
1078 Pietro Grossi. Pugni
1079 Edgardo Franzosini. Il mangiatore di carta. Alcuni anni della vita di Johann Ernst Biren
1080 Alan Bradley. Flavia de Luce e il cadavere nel camino
1081 Anthony Trollope. Potete perdonarla?
1082 Andrea Camilleri. Un mese con Montalbano
1083 Emilio Isgrò. Autocurriculum
1084 Cyril Hare. Un delitto inglese
1085 Simonetta Agnello Hornby, Esmahan Aykol, Andrea Camilleri, Gian Mauro Costa, Alicia Giménez-Bartlett, Marco Malvaldi, Antonio Manzini, Santo Piazzese, Francesco Recami, Alessandro Robecchi, Gaetano Savatteri, Fabio Stassi. Un anno in giallo
1086 Alessandro Robecchi. Follia maggiore
1087 S. N. Behrman. Duveen. Il re degli antiquari
1088 Andrea Camilleri. La scomparsa di Patò
1089 Gian Mauro Costa. Stella o croce
1090 Adriano Sofri. Una variazione di Kafka
1091 Giuseppe Tornatore, Massimo De Rita. Leningrado
1092 Alicia Giménez-Bartlett. Mio caro serial killer
1093 Walter Kempowski. Tutto per nulla
1094 Francesco Recami. La clinica Riposo & Pace. Commedia nera n. 2
1095 Margaret Doody. Aristotele e la Casa dei Venti
1096 Antonio Manzini. L'anello mancante. Cinque indagini di Rocco Schiavone
1097 Maria Attanasio. La ragazza di Marsiglia
1098 Duško Popov. Spia contro spia
1099 Fabio Stassi. Ogni coincidenza ha un'anima
1100
1101 Andrea Camilleri. Il metodo Catalanotti

1102 Giampaolo Simi. Come una famiglia
1103 P. T. Barnum. Battaglie e trionfi. Quarant'anni di ricordi
1104 Colin Dexter. La morte mi è vicina
1105 Marco Malvaldi. A bocce ferme
1106 Enrico Deaglio. La zia Irene e l'anarchico Tresca
1107 Len Deighton. SS-GB. I nazisti occupano Londra
1108 Maksim Gor'kij. Lenin, un uomo
1109 Ben Pastor. La notte delle stelle cadenti
1110 Antonio Manzini. Fate il vostro gioco
1111 Andrea Camilleri. Gli arancini di Montalbano
1112 Francesco Recami. Il diario segreto del cuore
1113 Salvatore Silvano Nigro. La funesta docilità
1114 Dominique Manotti. Vite bruciate
1115 Anthony Trollope. Phineas Finn
1116 Martin Suter. Il talento del cuoco
1117 John Julius Norwich. Breve storia della Sicilia
1118 Gaetano Savatteri. Il delitto di Kolymbetra
1119 Roberto Alajmo. Repertorio dei pazzi della città di Palermo
1120 Andrea Camilleri, Gian Mauro Costa, Alicia Giménez-Bartlett, Marco Malvaldi, Dominique Manotti, Santo Piazzese, Francesco Recami, Gaetano Savatteri. Una giornata in giallo
1121 Giosuè Calaciura. Il tram di Natale
1122 Antonio Manzini. Rien ne va plus
1123 Uwe Timm. Un mondo migliore
1124 Franco Lorenzoni. I bambini ci guardano. Una esperienza educativa controvento
1125 Alicia Giménez-Bartlett. Exit
1126 Claudio Coletta. Prima della neve
1127 Alejo Carpentier. Guerra del tempo
1128 Lodovico Festa. La confusione morale
1129 Jenny Erpenbeck. Di passaggio
1130 Alessandro Robecchi. I tempi nuovi
1131 Jane Gardam. Figlio dell'Impero Britannico
1132 Andrea Molesini. Dove un'ombra sconsolata mi cerca
1133 Yokomizo Seishi. Il detective Kindaichi
1134 Ildegarda di Bingen. Cause e cure delle infermità
1135 Graham Greene. Il console onorario
1136 Marco Malvaldi, Glay Ghammouri. Vento in scatola
1137 Andrea Camilleri. Il cuoco dell'Alcyon
1138 Nicola Fantini, Laura Pariani. Arrivederci, signor Čajkovskij
1139 Francesco Recami. L'atroce delitto di via Lurcini. Commedia nera n. 3
1140 Gian Mauro Costa, Marco Malvaldi, Santo Piazzese, Francesco Recami, Alessandro Robecchi, Gaetano Savatteri, Giampaolo Simi, Fabio Stassi. Cinquanta in blu. Otto racconti gialli

1141 Colin Dexter. Il giorno del rimorso
1142 Maurizio de Giovanni. Dodici rose a Settembre
1143 Ben Pastor. La canzone del cavaliere
1144 Tom Stoppard. Rosencrantz e Guildenstern sono morti
1145 Franco Cardini. Lawrence d'Arabia. La vanità e la passione di un eroico perdente
1146 Giampaolo Simi. I giorni del giudizio
1147 Katharina Adler. Ida
1148 Francesco Recami. La verità su Amedeo Consonni
1149 Graham Greene. Il treno per Istanbul
1150 Roberto Alajmo, Maria Attanasio, Giosuè Calaciura, Davide Camarrone, Giorgio Fontana, Alicia Giménez-Bartlett, Antonio Manzini, Andrea Molesini, Uwe Timm. Cinquanta in blu. Storie
1151 Adriano Sofri. Il martire fascista. Una storia equivoca e terribile
1152 Alan Bradley. Il gatto striato miagola tre volte. Un romanzo di Flavia de Luce
1153 Anthony Trollope. Natale a Thompson Hall e altri racconti
1154 Furio Scarpelli. Amori nel fragore della metropoli
1155 Antonio Manzini. Ah l'amore l'amore
1156 Alejo Carpentier. L'arpa e l'ombra
1157 Katharine Burdekin. La notte della svastica
1158 Gian Mauro Costa. Mercato nero
1159 Maria Attanasio. Lo splendore del niente e altre storie
1160 Alessandro Robecchi. I cerchi nell'acqua
1161 Jenny Erpenbeck. Storia della bambina che volle fermare il tempo
1162 Pietro Leveratto. Il silenzio alla fine
1163 Yokomizo Seishi. La locanda del Gatto nero
1164 Gianni Di Gregorio. Lontano lontano
1165 Dominique Manotti. Il bicchiere della staffa
1166 Simona Tanzini. Conosci l'estate?
1167 Graham Greene. Il fattore umano
1168 Marco Malvaldi. Il borghese Pellegrino
1169 John Mortimer. Rumpole per la difesa
1170 Andrea Camilleri. Riccardino
1171 Anthony Trollope. I diamanti Eustace
1172 Fabio Stassi. Uccido chi voglio
1173 Stanisław Lem. L'Invincibile
1174 Francesco Recami. La cassa refrigerata. Commedia nera n. 4
1175 Uwe Timm. La scoperta della currywurst
1176 Szczepan Twardoch. Il re di Varsavia
1177 Antonio Manzini. Gli ultimi giorni di quiete
1178 Alan Bradley. Un posto intimo e bello
1179 Gaetano Savatteri. Il lusso della giovinezza

1180 Graham Greene. Una pistola in vendita
1181 John Julius Norwich. Il Mare di Mezzo. Una storia del Mediterraneo
1182 Simona Baldelli. Fiaba di Natale. Il sorprendente viaggio dell'Uomo dell'aria
1183 Alicia Giménez-Bartlett. Autobiografia di Petra Delicado
1184 George Orwell. Millenovecentottantaquattro
1185 Omer Meir Wellber. Storia vera e non vera di Chaim Birkner
1186 Yasmina Khadra. L'affronto
1187 Giampaolo Simi. Rosa elettrica
1188 Concetto Marchesi. Perché sono comunista
1189 Tom Stoppard. L'invenzione dell'amore
1190 Gaetano Savatteri. Quattro indagini a Màkari
1191 Alessandro Robecchi. Flora
1192 Andrea Albertini. Una famiglia straordinaria
1193 Jane Gardam. L'uomo col cappello di legno
1194 Eugenio Baroncelli. Libro di furti. 301 vite rubate alla mia
1195 Alessandro Barbero. Alabama
1196 Sergio Valzania. Napoleone
1197 Roberto Alajmo. Io non ci volevo venire
1198 Andrea Molesini. Il rogo della Repubblica
1199 Margaret Doody. Aristotele e la Montagna d'Oro
1200
1201 Andrea Camilleri. La Pensione Eva
1202 Antonio Manzini. Vecchie conoscenze
1203 Lu Xun. Grida
1204 William Lindsay Gresham. Nightmare Alley
1205 Colin Dexter. Il più grande mistero di Morse e altre storie
1206 Stanisław Lem. Ritorno dall'universo
1207 Marco Malvaldi. Bolle di sapone
1208 Andrej Longo. Solo la pioggia
1209 Andrej Longo. Chi ha ucciso Sarah?
1210 Yasmina Khadra. Le rondini di Kabul
1211 Ben Pastor. La Sinagoga degli zingari
1212 Andrea Camilleri. La prima indagine di Montalbano
1213 Davide Camarrone. Zen al quadrato
1214 Antonio Castronuovo. Dizionario del bibliomane
1215 Karel Čapek. L'anno del giardiniere
1216 Graham Greene. Il terzo uomo
1217 John Julius Norwich. I normanni nel Sud. 1016-1130
1218 Alicia Giménez-Bartlett, Andrej Longo, Marco Malvaldi, Antonio Manzini, Santo Piazzese, Francesco Recami, Alessandro Robecchi, Gaetano Savatteri, Giampaolo Simi, Fabio Stassi, Simona Tanzini. Una settimana in giallo
1219 Stephen Crane. Il segno rosso del coraggio

1220 Yokomizo Seishi. Fragranze di morte
1221 Antonio Manzini. Le ossa parlano
1222 Hans von Trotha. Le ultime ore di Ludwig Pollak
1223 Antonia Spaliviero. La compagna Natalia
1224 Gaetano Savatteri. I colpevoli sono matti. Quattro indagini a Màkari
1225 Lu Xun. Esitazione
1226 Marta Sanz. Piccole donne rosse
1227 Susan Glaspell. Una giuria di sole donne
1228 Alessandro Robecchi. Una piccola questione di cuore
1229 Marco Consentino, Domenico Dodaro. Madame Vitti
1230 Roberto Alajmo. La strategia dell'opossum
1231 Alessandro Barbero. Poeta al comando
1232 Giorgio Fontana. Il Mago di Riga
1233 Marzia Sabella. Lo sputo
1234 Giosuè Calaciura. Malacarne
1235 Giampaolo Simi. Senza dirci addio
1236 Graham Greene. In viaggio con la zia
1237 Daria Galateria. Il bestiario di Proust
1238 Francesco Recami. I killer non vanno in pensione
1239 Andrea Camilleri. La coscienza di Montalbano
1240 Roberto Alajmo, Andrej Longo, Marco Malvaldi, Antonio Manzini, Francesco Recami, Alessandro Robecchi, Gaetano Savatteri, Fabio Stassi. Una notte in giallo
1241 Dominique Manotti. Marsiglia '73
1242 Claudio Coletta. In tua assenza
1243 Andrej Longo. Mille giorni che non vieni
1244 Alan Bradley. Le trecce d'oro dei defunti
1245 Emilienne Malfatto. Il lamento del Tigri
1246 Antonio Manzini. La mala erba
1247 Nicola Schicchi. Via Polara n. 5
1248 Roberto Alajmo. Notizia del disastro
1249 Jenny Erpenbeck. Il libro delle parole
1250 Marco Malvaldi, Samantha Bruzzone. Chi si ferma è perduto
1251 John Julius Norwich. Il regno nel sole. 1130-1194
1252 Andrea Camilleri. La guerra privata di Samuele e altre storie di Vigàta
1253 Ben Pastor. La Venere di Salò
1254 Graham Greene. Un Mondo tutto mio. Diario dei sogni
1255 L'isola nuova. Trent'anni di scritture di Sicilia
1256 Anthony Trollope. Il ritorno di Phineas Finn
1257 Alicia Giménez-Bartlett. La presidente
1258 Sergio Atzeni. Passavamo sulla terra leggeri
1259 Uwe Timm. Come mio fratello
1260 Dario Ferrari. La ricreazione è finita

1261 Giorgio Manganelli. Mia anima carnale
1262 Fabio Stassi. Notturno francese
1263 Alessandro Robecchi. Cinque blues per la banda Monterossi
1264 Alessandro Barbero. Brick for stone
1265 Franco Lorenzoni. Educare controvento. Storie di maestre e maestri ribelli
1266 Caterina Cardona. Un matrimonio epistolare
1267 Davide Enia. Così in terra
1268 Jane Gardam. L'eterno rivale
1269 Sonya Orfalian. Alfabeto dei piccoli armeni
1270 Andrea Camilleri. La paura di Montalbano
1271 Maria Judite de Carvalho. Gli armadi vuoti
1272 Roberto Alajmo. La boffa allo scecco
1273 Antonio Manzini. ELP
1274 Graham Greene. Brighton Rock
1275 Henry Cauvain. L'investigatore Maximilien Heller
1276 Francesco Recami. Colpo grosso ai Frigoriferi Milanesi
1277 Thornton Wilder. Il ponte di San Luis Rey
1278 Andrea Molesini. Non si uccide di martedì
1279 Santo Piazzese. Sei casi per Lorenzo La Marca
1280 Yokomizo Seishi. Il teatro fantasma
1281 Furio Scarpelli. Si ricorda di me, signor tenente?
1282 Hans Sahl. I pochi e i molti. Romanzo di un'epoca
1283 Marco Malvaldi. La morra cinese
1284 Giampaolo Simi. Il cliente di riguardo
1285 Dolores Hitchens. La gatta ha visto tutto
1286 Adriano Sofri. C'era la guerra in Cecenia
1287 Federico Maria Sardelli. Lucietta. Organista di Vivaldi
1288 Antonio Manzini. Riusciranno i nostri eroi a ritrovare l'amico misteriosamente scomparso in Sud America?
1289 Ben Pastor. La finestra sui tetti e altri racconti con Martin Bora
1290 Andrea Camilleri. Il giudice Surra e altre indagini in Sicilia
1291 Alicia Giménez-Bartlett, Marco Malvaldi, Antonio Manzini, Santo Piazzese, Francesco Recami, Alessandro Robecchi, Gaetano Savatteri, Simona Tanzini. Cucina in giallo
1292 Andrej Longo. La forma dei sogni
1293 Yasmina Khadra. Cosa sognano i lupi?
1294 Vanessa Roghi. Un libro d'oro e d'argento. Intorno alla Grammatica della fantasia di Gianni Rodari
1295 Graham Greene. Fine di una storia
1296 Alessandro Robecchi. Pesci piccoli
1297 Lu Xun. Antiche storie riscritte